KB120924

바다로
가는
시내버스

정태춘 노래 에세이

정태춘 노래 에세이 바 다 로 가 는 시 내 버 스

1판 1쇄 펴낸날 2019년 4월 1일
1판 3쇄 펴낸날 2022년 11월 2일
지은이 정태춘
펴낸이 이재무
책임편집 박은정
편집 · 디자인 민성돈, 장덕진
펴낸곳 (주)천년의시작
등록번호 제301-2012-033호
등록일자 2006년 1월 10일
주소 (03132) 서울시 종로구 삼일대로32길 36 운현신화타워 502호
전화 02-723-8668
팩스 02-723-8630
홈페이지 www.poempoem.com
이메일 poemsijak@hanmail.net

ⓒ정태춘, 2019, printed in Seoul, Korea

ISBN 978-89-6021-423-1 03810

값 18,000원

*이 책 내용의 전부 또는 일부를 재사용하려면 반드시 저작권자와 (주)천년의시작 양측의 동의를 받
  아야 합니다.
*잘못된 책은 바꾸어 드립니다.
*지은이와 협의에 의해 인지는 생략합니다.
*이책의 국립중앙도서관 출판시도서목록(CIP)은 서지정보유통지원시스템 홈페이지(http://se
  oji.nl.go.kr)와 국가자료공동목록시스템(http://www.nl.go.kr/kolisnet)에서 이용하실 수 있습니
  다.(CIP 제어번호: CIP2019012418)

*이 책은 정태춘 박은옥 40 프로젝트의 일환으로 제작되었습니다.

바다로 가는 시내버스

정태춘 노래 에세이

자서

노래 가사를 글로만 읽는 건 좀 부자연스러운 일이다.

그 글들은 노래의 틀 안에서 음악적 어법으로 작성되었기 때문이다.

음악 없는 가사 읽기의 불편함을 덜기 위해

노래에 얽힌 이야기를 덧붙이게 되었다.

이걸 에세이라고 불러도 될까…

지금 어쩌다 그간의 내 활동과 작업을 정리하는 상황이 되어

가사 파일들을 모두 다시 열고 들여다본다.

이 사람은 누구일까?

이 사람과 세상과의 관계는 그리 좋지 않았고 평생을 갈등했다.

이런 사람은 결코 나 하나만이었을까.

나는 내 이야기가 다른 사람들의 이야기일 수도 있다고 생각하면서

나의 이야기를 해왔다.

그 이야기들을 책으로 묶는다.

거기에 지금 시점에서의 내 이야기가 추가되었다.

부디,

독자들께 재미있는 글이 되길 바란다.

2019. 3.

정태춘

차례

자서

제1부 내게 노래는 이렇게 왔다

6

제2부 1978년, 가수가 되다

7

제3부 송아지 송아지 누렁 송아지

제4부 다시, 딜레마

제5부 2012년, 10년 만의 새 앨범

일러두기

이 책의 본문 가운데 일부는 저자의 뜻에 따라 현행 한글맞춤법 및 본 출판사의 표기 원칙과 다르게 표기했음을 미리 알립니다.

내게 "노래"는 이렇게 왔다

내겐 네 분의 형님과 두 분의 누님이 있고 난 그 일곱 번째로 아래에 여동생이 있다.

1950, 60년대의 평택 농촌 마을은 그야말로 '전통사회' 같은 풍경으로 기억된다. 기계문명 이전 또는, 산업문명 이전. 기계라야 겨우 자전거 정도. 전기 아닌 등잔불이나 남포(유리를 끼우고 심지가 넓적한 석유등인 '램프'를 그렇게 불렀나 보다)로 밤을 지냈고 동네에 삼륜 자동차라도 들어오면 큰 구경거리였다.

마을 둘레로는 꼬불탕거리는 논길들과 서북쪽으론 머얼리 새로 간척한 갯벌 둑 끝까지 이어지는 벌판. 택리지의 말처럼 '사람이 살 만한 곳이 아닐' 정도까지는 아니지만 겨울엔 황량하게 마른 들이 펼쳐지고 그 들판 멀리로부터 맵찬 서해 갯벌 바람이 들이치는, 나무 한 그루 없는 동네였다. 그 겨울이 지나가는 철에는 한낮의 해가 달처럼 보이는 황사가 예사였는데 난 그 황사가 갯벌을 간척한 푸석한 흙의 들판에서 만들어진 것으로 지금도 알고 있다.

거기 갯벌 쪽 반대편에는 미군기지가 있었다. 우리 마을은 부대 정문이 아닌 후문 쪽에 있어서 그 문화적 영향은 적었지만, 어머니는 한때 미군 부대 하우스보이들이 가져오는 미군들의 군복을 수선해서 살림에 보태기도 하셨다.

아버지는 대식구를 먹여 살리기 위해 아주 다양한 일들을 하셨다. 서울과 시골을 휘젓고 다니시며 엿장수에서부터 쌀장수, 목재소, 양키 장수(미군 물자를 받아 파는 사람을 그렇게 불렀다), 큰 농사와 시골 땅 거간꾼…
그런 아버지의 고군분투 덕분에 우린 그런대로 살 만한 집을 짓고 아버
지가 극진히 모셨던 할머니와 함께 별로 어렵지 않은 살림을 살았다.

초등학교 고학년 때쯤이었을까, 셋째 형님은 교대생 혹은 교사가 되
어있었고 그 형님은 시골의 동생들을 위해 서울에서 '수련장' '전과' 같은
걸 보내주셨다. 난 그때 처음으로 외지 물건에 의해 적지 않은 충격을
받았던 것 같다. 세에상에… 책에 나오는 문제의 답들이 거기 다 있었
다. 이래도 되는 거야? 학교 선생님께는 이런 사실을 알리면 큰일 날 것
같아 한마디도 입을 떼지 않았다. 게다가 교사용 학습 지도서도 보내주
셨다. 그 안에 책에 나오지 않는 동시들이 잔뜩 들어있었고, 그렇게 소
위 문학이라고 하는 "텍스트의 울림"을 내가 처음 접했던 것이다. 형님
은 그 후로 로빈슨 크루소 같은 그림 동화들까지 보내주셨다.

이것들을 나와 같이 접했을 내 바로 위의 형님은 어땠는지 몰라도 그
것들은 내 안의 심상 세계에 꿈 같은 파동을 일으켰고 외부 세계와의 비
밀스런 내통 같은 일이 되었다. 그런 자극들로 내 안에서 찰랑대던 여린
서사들은 고등학생이 되어 겨울 통학 버스 유리창의 시조시로 드러나기
시작하여 음악을 접하면서 바로 가사가 되었다.

음악.
큰누이는 미군 부대에 다니는 분과 결혼하여 한동안 우리 동네에 같

이 사셨다. 그 매형은 마을에 아마도 처음으로 기타를 들여오셨고 셋째 형님을 통해 내게까지 전해졌다. 아마 초등학교 5학년… 그때 기타 스케일을 배우고 얼마 안 되어 「일하는 해」라는, "올해는 일하는 해 모두 나서자…"라고 노래하는 곡을 혼자 계명으로 찾아 노트에 적었다. 그렇게 기억된다. 사랑방 책상머리에서. 그건 사실, 요즘 전문용어로 '청음' 과 비슷한 것인데 노래 창작의 기본이 되는 능력이다. 작곡이라는 것이 머릿속의 멜로디를 악보로 옮겨야 하는 거니까. 그런 모습을 보고 바로 위의 형님이 바이올린으로의 입문을 강권(‼)했다. 나와 같은 학교에 다니는 형님은 중학교 초년생인 나에게 "학교에 현악반이 생긴대여. 너 거기 꼭 들어가라이!" "오늘 갔다 왔어? 뭐? 내일은 꼭 가이‼ 아니면 너 나한테 죽어어…"

우린(그 형과 나) 또, 큰누이 댁에서 서울의 셋째 형이 보내준 세계 명곡들을 들었다. 교향곡에서부터 바이올린이나 피아노 독주곡, 오페라 아리아에서부터 이태리 민요에 이르기까지의 곡들이 수록된 6장 가량의 고급 LP 전집이었다. 1960년대의 시골 깡촌 마을에서 컴포넌트 오디오로 클래식과 이태리 민요 등에 푸욱 빠져있는 중고생 형제라니……

그런 형의 거의 협박에 가까운 권유로 수줍음 타는 어린 소년은 그 학교 현악반의 첫 학생이 되었고 곧 몇 안 되는 현악반의 가장 잘하는 바이올리니스트(!)가 되었다.

채한석 선생님. 날 지극히 아껴주시고 여러 면으로 멋지고 낭만적인 모습을 보여 주셨던 음악 선생님과의 이런 인연은 그분의 전근으로 4년 정도에 끝이 나고 현악반은 밴드부로 편입되었다. 대개 그랬듯이 진한 사춘기를 지나게 되고 그러면서 더러 한 반의 문학 소년과 함께 노래를 한두 곡 만들기도 했다.

그 즈음에 미군 부대 클럽에서 일하는 옆 동네의 기타리스트에게 기타를 좀 배울 기회가 있었지만 그분에게 어마어마하게 중요한, 아주 두 터운 악보책을 내가 잃어버리면서 그 레슨도 제대로 진행되질 못했다.

고 3 때는 통기타 대중가요에 또 푸욱 빠져있었고 김민기, 송창식, 서유석, 양병집 같은 이들의 노래를 배우며 지냈다. 그리고 준비되지 않은 응시로 음대 낙방.

고등학교를 졸업하고 1973년 당시에 30만 원짜리 이태리제 바이올린을 아버지와 형님들이 돈을 모아 사주셨다. 그러나 서울 구의동에서 셋째 형님과 자취를 하며 재수를 하다가 그 마저 버려두고 박 대통령의 10월 유신 특별 담화 방송을 들으며 짐을 싸서 가출을 했다.

그렇게 정통 음악과의 확실한 결별로 나의 진로는 확정되었다.

노래는 내게 이렇게 왔다. 가사로, 음률로⋯ 하지만, 내가 커서 가수가 될 것이라고는 꿈에도 생각해 보지 못했다.

나의 노래는, 그 촌놈의 시골 풍경부터 시작된다.

양단 몇 마름

시집올 때 가져온 양단 몇 마름
옷장 속 깊이깊이 모셔 두고서
생각나면 꺼내서 만져만 보고
펼쳐만 보고, 둘러만 보고
석삼년이 가도록 그러다가
늙어지면 두고 갈 것 생각 못 하고
만져 보고, 펼쳐 보고, 둘러만 보고

시집올 때 가져온 꽃신 한 켤레
고리짝 속 깊이깊이 모셔 두고서
생각나면 꺼내서 만져만 보고
쳐다만 보고, 닦아도 보고
석삼년이 가도록 그러다가
늙어지면 두고 갈 것 생각 못 하고
만져보고, 쳐다보고, 닦아만 보고

1972. 4.

16

note

대입 재수 시절, 서울로 바이올린 레슨을 다니면서 부평의 둘째 누이 댁에서 짧게 기거한 적이 있었다. 그때 쓴 곡이다. 이게 남겨진 나의 첫 작품이다.

누이의 장롱 속 서랍에 양단 공단 옷감들이 있었고 그걸 때때로 들추어 보는 누이를 보았고… 그런데 왜 이런 풍경을 노래로 만들 생각을 했을까. 참, 알 수 없는 일이다.

내게 노래란 무엇이었을까. 내가 본 풍경을 그리는 '그림'이었을까, 내 마음을 담는 '일기'였을까…

2절은 양병집 씨가 단 것 같다.

1976년경, 당시 포크 싱어 양병집 씨가 2절을 만들어서 앨범을 낸다고 군복무 중이던 내게 작품료를 가지고 면회를 왔었다. 부대에서는 내게 가수가 면회를 왔다고 그 이후로 '작곡가'로 알려지게 되었다. 그게 또 빌미가 되었던지 얼마 뒤 치안본부는 전투경찰(그때 나의 신분) 노래를 만들라고 나를 당시 광화문의 '본부'로 불러올렸다. 거기서 며칠간 전국에서 응모한 수백 편의 가사들을 가지고 씨름을 했었다. 그 결과는 아직도 모른다. 그 노래가 채택이 되었는지 아니면 다른 노래가 새로 만들어졌는지.

"거 말이야, 새마을 노래 같은 걸 만들라구. 새마을 노래…" 그런 기억만 남아있을 뿐.

에헤라 친구야

에헤라 친구야, 박꽃을 피우세
초가집 추녀에 박 넝쿨 걸고
박꽃을 피우세

에헤라 친구야, 안개 속을 걸어보세
새벽잠 깨어난 새소리 들으며
안개 속을 걸어보세

에헤라 친구야, 하늘을 바라보세
맑은 날 새 아침 흰 구름 떠가는
하늘을 바라보세

에헤라 친구야, 피리를 불어보세
저 언덕 너머로 소 몰고 가며
피리를 불어보세

에헤라 친구야, 노래를 불러보세
해 지는 강가의 빨간 노을 보며
노래를 불러보세

에헤라 친구야, 창문을 열어보세
까만 하늘 아래 쏟아지는 별빛
창문을 열어보세

1973.

저승길

저승길 구만리 멀어서 슬픈 길
가다가 오다가 설움에 울던 길
어머님 생전에 맨발로 가는 길
어두운 하늘가 고향에 닿는 길

저승길 구만리 쉬어서 못 갈 길
이승의 좋은 일 가져도 못 갈 길
할아범 수염에 묻어도 못 갈 길
꿈에나 생시나 무서워 못 갈 길

저승길 구만리 멀어서 슬픈 길
이 친구 저 친구 마주쳐 스칠 길
아버님 생전에 뜀박질하는 길
어두운 하늘가 고향에 닿는 길

1973.

황톳길 행렬

에 헤이, 에 헤이
뉘 집 상여 나간다 들리는 소리
북망산으로 가나 어디로 가나
깃발이 앞서가네 쓸쓸한 길로
지팡이 짚고 가네 상제가 가네
곡소리에 밀려가는 상여 꼬리에
짚신 하나 달아서 달려 보낼걸

에 헤이, 에 헤이
상여 꼬리 넘어갔네 보리밭 길로
황토 언덕을 넘어서 어디로 가나
어디서 또 만날까 저 긴 무리
바람아 너는 아나 알고 있겠지
곡소리도 사라져 간 황톳길에
뉘 집 개 한 마리 나와 하늘을 보네

1973. 1.

• 이 노래를 「우리 동리 명창 대회」라는 제목으로 개사를 했다.

우리 동리 명창 대회

개울 건너 김 서방이 부르던 노래
타령조에 목청 돋워 듣기 좋았지
산염불에 수심가는 못할까마는
제 좋아하는 노래라고 꼭 그 노래만
산타령 물타령에 인심타령에
구성지게 제껴대는 힘도 좋구나
에 헤이, 에 헤이

뒷산 아래 박씨 부인 부르던 노래
서도소리 목청 돋워 자지러질 때
남도창에 북도소린 못할까마는
제 고향이 거기라고 꼭 그 노래만
갈 수 없는 고향길에 한이 서리어
맺고 맺힌 구절마다 목이 쉬누나
에 헤이, 에 헤이

청기와 집 최 영감님 하시던 노래
거센 목청에 양산도는 일품이었지
배뱅이굿에 회심곡은 못할까마는
흥에 겨워 부르기는 꼭 그 소리뿐

우리 동리 명창 대회 끝도 없고
장고 장단에 하늘의 별도 다 쏟아지누나
에 헤이, 에 헤이

나그네

새벽이슬 맞고 떠나와서
어스름 저녁에 산길 돌고
별빛 속에 묻혀 잠이 들다
저승처럼 먼 길에 꿈을 꾸고
첫새벽 추위에 잠이 깨어
흰 안개 속에서 눈 부빈다

물도랑 건너다 손 담그고
보리밭 둑에서 앉았다가
처량한 문둥이 울음 듣고
김 형, 김 형하고 불러보고
먼 길을 서둘러 떠나야지
소낙비 맞으며 또 가야지

산 아래 마을엔 해가 지고
저녁 짓는 연기 들을 덮네
멀리 딴 동네 개가 짖고
아이들 빈 들에 공을 치네
어미마다 제 아이 불러 가고
내가 그 빈 들에 홀로 섰네

낮에 들판에서 불던 바람
이제는 차가운 달이 됐네
한낮에 애들이 놀던 풀 길
풀잎이 이슬을 먹고 있네
이제는 그 길을 내가 가네
나도 애들처럼 밟고 가네

1973. 6.

겨울나무

잎 떨어진 나무에 바람이 불고
부러진 가지에 연이 걸렸네
겨울나무 꼭대기에 매가 앉아서
임자 없는 까치집만 지키고 있네
우- 우--
홀로 멀리 서 있는 겨울나무야

벌판에서 불어온 저 흙바람에
잎새마저 앗기운 겨울나무는
세월 가고 세월 오는 그 사이에서
굽어가는 비탈길만 지키고 있네
우-- 우--
홀로 멀리 서있는 겨울나무야

1974. 1.

• 이 노래를 녹음할 당시, 레코드 회사는 서적 출판을 하고 있기도 했다. 그 출판사
의 나이 드신 직원이 내게 이 노래 가사가 참 좋다고 하시면서 혹시 시를 따로 공부했
느냐고 물었다. 나의 첫 레코드사는 그런 곳이었다.

봄

바람 불던 동구 밖에 겨울빛은 사라지고
아지랭이 피어나는데
봄이 오면 온다 하던 그 사람은 오고 있나
어드메쯤 오고 있을까
지난겨울 들판에서 불장난을 하던 그가
봄이 되자 왜 떠났을까
무슨 설움 복받쳐서 타박타박 떠나갔나
연 날리던 그 길 떠났나
긴 겨울 하늘엔 매만 날고
쓸쓸한 빈 들에는 바람이 불어

아이들이 연 날리던 동구 밖에 내가 섰네
봄이 오는 소리 들으며
어드메쯤 오고 있을 그 사람을 기다리네
마을 길엔 해가 저무네

1974. 1.

• 이 노래는 정부의 "심의"로 인해 몇 차례 수정되면서 본래의 가사가 어떤 것이었는
지조차 기억에 없다. 이유는 당연히 일부 내용들이 '부정적'이라는 것이었다.

장마

손 모아 기다린 비 몹시 내리고
강 마을의 아이들 집에 들어앉으면
흰 모래 강변은 큰물에 잠기고
말뚝에 매인 나룻배만 심난해지는데
강 건너 사공은 낮 꿈에 취하여
사납게 흐르는 물소리도 못 듣는구나

푸르르던 하늘에 먹구름이 끼고
어수선한 바람이 술렁거리면
산길에 들길에 빗줄기 몰고
반갑잖은 손님 오듯 장마가 온다
아, 머슴 녀석은 소 팔러 가서
장마 핑계에 대포 한 잔 더 하겠구나

아침결엔 덥더니 저녁 되니 비 온다
여름 날씨 변덕을 누군들 모르랴
목탁에 회심곡에 시주 왔던 스님은
어느 인가 없는 곳에서 이 비를 만나나
저 암자 동자승은 소처럼 뛰는데
늘어진 바랑 주머니가 웬수로구나

1974. 2.

초기의 노래들에서 다소 과장된 우수 같은 것들이 있는가 하면 또 한 편 이런 장난기도 발견된다.

그 장난기가 나중엔 '풍자'로 넘어가게 되는 발판이 되지 않았을까.

이 곡은 지명길 작사의 「한송이 꿈」(이수만 노래)이란 노래로 개사되어 발표되었다.

"안녕이란 말 대신 사랑한다고 했지…" 난 참 신기했다. 그렇게 할 수도 있다니…

보릿고개

해 걸린 고갯마루 바람이 불면
설익은 보리밭이 출렁거린다
바쁘던 일손이 한산해지매
올해도 보릿고개 걱정들 한다
조상님들 대대로 헛배 부르던
눈물 나게 서러운 보릿고개라

춘삼월 기나긴 날 해 떨어질 때
허기져 우는 아이 무얼 먹이랴
텃밭의 감자는 안 열렸더냐
무우밭의 장다리꽃 따다 먹이렴
집 나간 네 에미는 아니 오는데
서러운 보릿고개 언제 넘기나

애야 넌 보리밭에 가지를 마라
네 애비 보릿고개 한이 되어
그 고개 못 넘기고 죽어 넘어져
애고지고 밭고랑에 묻었다더라
할애비 제삿날은 돌아오는데
서러운 보릿고개 언제 넘기나

1974. 2.

고향 평택에서 농사를 짓던 시기이다. 형님들은 모두 각자의 일들이 있었고 내가 바로 위의 형과 함께 약 1년, 거의 혼자서 약 1년… 경운기를 운전하면서 남의 일도 해야 하는 그런…

물론 아버지가 계셨었다. 하지만 아버지는 주로 경영자였지 막일꾼은 아니셨다.

우린, 보릿고개를 실감 나게 겪어볼 만큼 가난하지 않았고 주위에 집 나간 에미나 보릿고개로 죽어 넘어진 어느 애비도 없었다. 대개 상상력이 만들어낸 시골 이야기들이다. 정말 얼마간의 개연성이 있는 당시 현실에서.

물론 다 그런 건 아니지만 내가 사는 공간의 현실과 내가 상상으로 만들어낸 현실은 매우 흡사하다. 그런데 나무 한 그루 없는 허허벌판 마을에서 자란 내가 가본 적도 없는 산골의 풍경 같은 것들을 얘기하다니. 혹시 당시에 내가 읽은 어떤 책들에서 끌어댄 상황과 풍경들은 아닐까. 거기에 나를 대입시켜서 가상 체험하는, 그렇게 이야기를 지어내는 재미… 그런 건 아니었을까, 도 생각해 본다.

집에서 기거하던 2~3년 기간 동안 몇 차례 부모님과 상의되지 않은 긴 외출을 감행했다. 먼 들판에 로터리 치던 경운기를 그대로 뻗쳐 두고 집에 돌아와 주섬주섬 짐을 싸가지고 아무 말 없이 떠나는 일. 제주도, 울릉도, 밀양… 나의 현실과는 너무나 이질적인 헤세나 쇼펜하우어의 깊은 그늘에서 조금도 벗어나지 못한 채.

어머니는 얼마나 힘드셨을까…

사춘기 한때의 일기

새까만 밤
공동묘지에 서면
머얼리 요단강 건너 들리는
찬송가 소리
여기 저기 우– 우– 우–
검은 하늘엔
온통 귀신 우– 우–
밤새 어디로 쏘다녔길래
머리로 팔뚝으로 거미줄
거미줄
울창한 미루나무 숲속엔
몇 마리 나귀가 있었네
거기 실패엔 연이
차곡차곡 감겨져 있었네
거미줄은
내 창머리에 쳐있었네

1974.

시름의 노래

네가 운다고 누가 오랴
밭 매는 에미의 노래 들어라
꽃다운 내 청춘 시들어간다고
시름만 매고 밭은 언제 맬꼬
소금 장수 나간 네 애비한테선
오마는 기약도 아직 못 들었나
산골의 짧은 해 다 넘어가도록
밭에서 부르는 시름의 노래라

재 너머 장터의 흥청거리는 소리
들릴 듯 들릴 듯 바람 살랑대고
목놓아 울던 아이 제풀에 잠자고
산골의 짧은 해 다 넘어가누나

1974.

얘기

담 너머 뒷집의 젊은 총각
구성진 노래를 잘도 하더니
겨울이 다 가고 봄바람 부니
새벽밥 해먹고 머슴 가더라

산 너머 구수한 박수무당
굿거리 푸념을 잘도 하더니
제 몸에 병이 나 굿도 못하고
신장대만 붙들고 앓고 있더라

어리야디야 어리얼싸
어리야디야 앓고 있더라

길 건너 첫 집의 젊은 과부
수절을 한다고 아깝다더니
정들은 이웃에 인사도 없이
그 춥던 간밤에 떠났다더라

집 나간 자식이 돌아온다 하기
동네 긴 골목을 뛰어가 보니

동구 밖 너머론 바람만 불고
초저녁 단잠의 꿈이더라

어리야디야 어리얼싸
어리야디야 꿈이더라

1974. 2.

나는 누구인고

갈바람 소리에
두 눈을 감으면
내가 섰는 곳은 어딘고
나는 누구인고
옷자락에 스미는 찬바람에 움츠린
나는 외로운 산길의
나그네로구나

하얀 달빛 아래
고개를 숙이면
내가 섰는 곳은 어딘고
나는 누구인고
풀밭 아래 몸을 털고 먼 곳을 향해 떠나는
나는 외로운 밤길의
나그네로구나

찬 새벽이슬에
단잠이 깨이면
내가 있는 곳은 어딘고
나는 누구인고

근심스런 눈빛으로 울듯이 떠나가는

나는 내 먼 길을 헤매는

나그네로구나

1974. 10.

아리랑

가마 타고 시집이라고 먼 길 와보니
고개 고개 설운 고개는 왜 이리도 많은지
아리랑 아리랑 아라리요
아리랑 고개는 열두 고개

시집오던 첫날밤에 하시던 말씀
너만 믿고 나만 믿고 잘 살아보자
아리랑 아리랑 아라리요
아리랑 고개는 열두 고개

초가삼간 정이 들어 살만하더니
난데없는 징용이라니 웬 말인가
아리랑 아리랑 아라리요
아리랑 고개는 열두 고개

서방님은 다시 못 올 저 고갤 넘고
새악시는 고갯마루에 목놓아 운다
아리랑 아리랑 아라리요
아리랑 고개로 나를 넘겨 주소

아리랑 고개 너머 기적 소리

내 낭군이 떠난다고 울고 가누나
아리랑 아리랑 아라리요
아리랑 고개로 나를 넘겨 주소

첫아이를 보기도 전에 떠나간 님은
낳아 길러 장가 들이면 돌아오려나
아리랑 아리랑 아라리요
아리랑 고개로 나를 넘겨주소

고개 넘어 떠나간 님은 돌아오질 않고
외로울사 새악시 맘은 고개를 넘네
아리랑 아리랑 아라리요
아리랑 고개로 나를 넘겨주소

나를 두고 떠나다니 웬 말인가
울고 넘어온 이 고개를 울고 넘어가려네
아리랑 아리랑 아라리요
아리랑 고개로 나를 넘겨주소

1974.

윙 윙 윙

윙, 윙, 윙, 윙 고추잠자리
마당 위로 하나 가득 날으네
윙, 윙, 윙, 윙 예쁜 잠자리
꼬마 아가씨 머리 위로 윙, 윙, 윙
파란 하늘에, 높은 하늘에
흰 구름만 가벼이 떠있고
바람도 없는 여름 한낮에
꼬마 아가씨 어딜 가시나
고추잠자리 잡으러, 예쁜 잠자리 잡으러
등 뒤에다 잠자리채 감추고서 가시나
윙, 윙, 윙, 윙 고추잠자리
이리저리 놀리며 윙, 윙, 윙
윙, 윙, 윙, 윙 꼬마 아가씨
이리저리 쫓아가며 윙, 윙, 윙

이 노래가 발표된 지 아주 오래 지나서 손녀가 할머니의 노래로가 아니라 아기들의 동요 영상으로 이 노래를 듣고 흥얼거리게 되었다. 그러면서 난 이 노래가 원래 동요로 만든 노래라고 박은옥 씨에게 말했다. 내가 딸을 낳고 한동안 동요를 만든 적이 있었고 그중 10여 곡을 내 노래 모음집 『시인의 마을』에 실은 적도 있었으니까. 그랬더니 박은옥 씨가 무대에서 '발표할 당시에는 그런 얘기 한마디도 안 하더니 그 말을 이제와서 하다니 참…' 어처구니 없는 사람이라고 농담처럼 말하기도 했다. 그런데 또, 생각해 보면 저 10여 곡의 동요를 집중적으로 만들 때 만든 노래는 아닌 것 같다. 또 이걸 어쩌나…

내가 건망증이 좀 있기는 하지만 난 사람의 기억을 잘 믿지 않는다. 특히 자서전 같은 것… 물론 뛰어난 기억력의 소유자도 있기는 할 터이나 사람의 기억은 때로 각색되기도 하고 나아가 왜곡되기까지도 하는 법이니까. 과거를 말하는 건 조심스럽다.

회상

해 지고 노을 물드는 바닷가
이제 또다시 찾아온 저녁에
물새들의 울음소리 저 멀리 들리는
여기 고요한 섬마을에서
나 차라리 저 파도에 부딪치는
바위라도 되었어야 했을걸
세월은 쉬지 않고 파도를 몰아다가
바위 가슴에 때려 안겨 주네

그대, 내 생각 잊었나
내 모습 잊었나
바위, 검은 바위 파도가 씻어주고
내 가슴 슬픈 사랑 그 누가 씻어주리 음…
저편에 달이 뜨고 물결도 잠들면은
내 가슴 설운 사랑 고요히 잠이 들까 음…

그대, 내 생각 잊었나
우리 사랑 잊었나
그대 노래 소리 파도에 부서지며
내 가슴 적시던 날을 벌써 잊었단 말이

음…

또 하루가 가고 세월이 흐를수록

내 가슴 설운 사랑 슬픔만 더해 가리

음…

1974.

note

내가 어느 인터뷰에서 TV 영화를 보고 만든 노래라고 했다던데 그게 어떤 영화였는지, 정말 이 시기에 집에 TV가 있었는지 잘 기억이 나지 않는다. 아마 없었을 것이다. 전기는 들어왔지만.

어쨌든 "사랑"이란 단어가 등장한다. 단어도 풍경도 어법도 매우 낯설다. 영화를 보고 만든 게 사실이라면 그건 또 얼마나 애틋한 영화였을까. 지금 다시 볼 수 있다면 참 좋겠지만 그때보다 감상의 판막이 더 얇아진(것 같은) 터에 잘 감당할 수 있을지…

이 노래가 78년(앨범 발매는 79년), 박은옥의 데뷔곡이었는데 반주 음악을 거대한 녹음실에서 거대한 오케스트라가 단번에(!) 연주 녹음했다. 그때는 투 트랙 녹음이라서 파트별로 할 수가 없었기 때문이다. 그의 데뷔곡으로는 꽤 괜찮다고 생각했다. 노래도 잘 불러줬고 반응도 아주 좋았었다. 그러나 그가 확실한 솔로 가수로서 완전하게 자리 잡을 수 있을 만큼 우린 홍보나 방송 활동을 적극적으로 이어나가지 못했다.

귀향

물결 위를 흘러가는 저 바람처럼
사라질 듯 식어버릴 듯
지나온 그 시절
첫새벽 찬 이슬에 발을 적시며
말없이 지나치던 수많은 길을
돌아보며 늙어가는 내 인생 한은 없어라
구름 가네, 달이 가네
이 발길 돌아가네

이곳으로 저곳으로 흘러온 한평생
바람같이 구름같이
가벼이 떠돌다
깊은 밤 별빛 아래 고향을 본 후
외로움에 재촉하는 가쁜 발길로
돌아가는 길목마다 낯설은 얼굴마다
꿈을 보네, 사랑을 보네
햇살이 밝아오네

1975.

note

　군에 입대하기 직전, 고향 도두리에 머물 때였을 것이다. 고향에 있으면서 고향을 그리는 노래를 만들다니, 또 새파랗게 젊은 사내가 늙은 사람이 되어 한 생을 다 살고 고향으로 돌아가는 상황을 만들고 그 쓸쓸한 정취에 빠져있다니… 왜 그랬을까…

서해에서

눈물에 옷자락이 젖어도
갈 길은 머나먼데
고요히 잡아주는 손 있어
서러움을 더해 주나
저 사공이 나를 태우고
노 저어 떠나면
또 다른 나루에 내리면
나는 어디로 가야 하나

서해 먼 바다 위론 노을이
비단결처럼 고운데
나 떠나가는 배의 물결은
멀리멀리 퍼져간다
꿈을 꾸는 저녁 바다에
갈매기 날아가고
섬마을 아이들의 웃음소리
물결 따라 멀어져 간다

어두워지는 저녁 바다에
섬 그늘 길게 누워도

뱃길에 살랑대는 바람은
잠잘 줄을 모르네
저 사공은 노만 저을 뿐
한마디 말이 없고
뱃전에 부서지는 파도 소리에
육지 소식 전해 오네

1976.

군복무는 전투경찰이었다.

친구가 말했다. "전라도 외진 섬 같은 데에 근무하면 정말 끝내주고 곡 만들기에 최고…"라고. 그 꾐에 빠져 찬바람 쌩쌩거리던 허허벌판 여의도의 한 초등학교 운동장에서 달리기 등의 체력 테스트와 필기 시험을 보고 무난히 합격(!)해서 입대했다. 첫 배치된 곳은 인천의 해안선이었다.

신병을 벗어나면서 노래 몇 곡을 만들 수는 있었지만 군복무는 정말 '끝내주는' 것이었다. 전투경찰 타격대 본부에선 한밤의 기수 빳다가 빈번했고 저녁에 초소에 나가선 밤새 카바이드 탐조등을 돌리거나 겨울엔 서해 바다 사나운 바람을 피해서 초소를 빙빙 돌거나… 그러던 중, 부대 안에서 총기 난동 사고가 일어나고(기관총으로 따다다다)…

그즈음, 이 노래를 만들었다.

거기 서해 바다에는 노 젓는 배도 없었고 물론, 나루도 사공도 없었다. 실제로 내가 그것들을 본 적이나 있었을까? 아니다.

화가들도 그럴 것이다. 소설가들도 그럴 것이다. 본 것을 그리기보다 상상하는 것을 그리는 일. 그게 그들의 일이다. 예술가들.

사랑하고 싶소

사랑하고 싶소, 예쁜 여자와 말이오
엄청난 내 정열을 쏟아붓고 싶소
결혼하고 싶소, 착한 여자와 말이오
순진한 내 청춘을 모두 바치고 싶소
내가 살아있소, 내가 살고 있소
크고 작은 고뇌와 희열 속에
멋도 모르고

얘기하고 싶소, 뛰노는 저 애들과 말이오
반짝이는 그 눈망울도 바라보고 싶소
안겨 보고 싶소, 저 푸른 하늘에 말이오
우리 모두의 소망처럼 느껴보고 싶소
내가 살아있소, 내가 살고 있소
크고 작은 기대와 소망 속에
멋도 모르고

돌아가고 싶소, 내 고향으로 말이오
훌륭한 선친들의 말씀 듣고 싶소
떠나가고 싶소, 먼 타향으로 말이오
내 나라 삼천리 두루 다니고 싶소

내가 살아있소, 내가 살고 있소
크고 작은 애착과 갈망 속에
멋도 모르고

1977.

• 이 곡은 공연윤리위원회의 심의에서 "내용이 너무 직설적이고 통속적이며, 3절
'떠나가고 싶소' 구절은 '사랑하고 싶소'라는 제목과 반대일 뿐 아니라 지나치게 방황
을 강조하고 있다"며 '개작' 지시가 내려졌었다.

새벽 광장에서

어느 먼 곳 호수 위로 아침 해는 떠오르고
긴긴밤을 지키던 여기 저 비둘기들은
성당의 종소리에 모두 깨어 날아가고
텅 빈 광장 주위론 새벽 그림자 지나간다
밝아오는 애들 놀이터 이슬 젖은 그네가
바람에 흔들릴 뿐 아직 인적은 없는데
끊길 듯 들려오는 먼 기적 소리만
텅 빈 네 갈래길에 잠시 머물다 지나간다

비둘기 날아라, 동녘 햇살 오르는 곳
떼 지어 날아라, 먼 데 호수 위로
꿈꾸는 호수 위 물안개 걷히듯
도회지의 새벽 적막을 깨라, 나의 어두운 고독을 깨라
모두 깊이 잠들어 꿈꾸는 이 고요한 새벽에

꿈을 꾸는 너의 새벽에 열려 오는 동녘으로
깊은 잠은 시내 되어 흘러 푸른 호수에 잠기고
일렁이는 잔물결 여울져 퍼지면
너의 고운 새벽은 물결에 밀려 다가온다

비둘기 날아라, 동녘 햇살 오르는 곳
떼 지어 날아라, 먼 데 호수 위로
꿈꾸는 호수 위 물안개 걷히듯
너의 닫힌 창문을 활짝 열고
내 연민의 햇살을 받으려무나
모두 깊이 잠들어 꿈꾸는 이 고요한 새벽에

1977. 9.

아하, 날개여

어둠이 내 방에까지 밀려와
그 우수의 계곡에 닻을 내리면
미풍에도 떨리는 나뭇잎처럼
나의 작은 공상은 상처받는다
빗물마저 내 창머리 때리고
숲속의 새들 울음 간혹 들리면
멀리 날고픈 내 꿈의 날개는
지난 일기장 속에서 퍼득인다
아하, 날개여 날아보자
아하, 날개여 날자꾸나
등불을 끄고 장막을 걷고
그림자를 떨쳐 버리고
내 소매를 부여잡고 날아보자
먼동에 새벽닭이 울기까지라도
에 헤이, 에 헤이

기다리지도 않고 맞은 많은 밤들
어쩌면, 끝내 돌아가지 않을 듯한 무거운 침묵
꿈꾸듯 중얼거리는 나의 독백도
방황의 사색 속에 헤매이고

세월 속에 잊혀져 간 얼굴들
저 어두운 밤바람에 흩날리면
누군가 내 창문 밖에 서성대다
비와 밤과 어둠 속에 사라진다
아하, 날개여 날아보자
아하, 날개여 날자꾸나
사랑이 있고 행복이 있고
기쁨과 슬픔이 함께하는 곳
내 영혼의 그늘 밖으로 나가보자
동녘 먼 데서 햇살 떠오르기 전에
에 헤이, 에 헤이…

1977. 9.

우물 속의 가을과 아버지와

돌아가는 사계의 바퀴
다시 옷깃 여미는 우수의 계절에
떨어지는 오동나무 잎에 묻히듯
나는 추억의 늪에 빠져
벽이 없는 우물 같은 하늘
그 하늘에 당신의 두레박줄 늘여
내 생명의 샘물 길어 올려 주면
내 마른 목줄기 적실 것을

빈 두레박 홀연히 떠올라
나의 적수공권에 쥐어지면
우물 속엔 해와 달과 별이 차갑게 흐르고
생과 사의 거친 모래알 씻어주는
맑은 시냇물처럼
내 여윈 얼굴 위론
하얀 은하수만 어지러이 여울져

찬물 한 그릇 대접 못 한
그리운 내 아버지 모습인 양
이 계절에 나의 우물 속으로 찾아오는

고귀한 피와 살과 뼈의 손님과

아… 서러운 가을바람

1977. 9.

시인의 마을

창문을 열고 음, 내다봐요
저 높은 곳에 우뚝 걸린 깃발 펄럭이며
당신의 텅 빈 가슴으로 불어오는
더운 열기의 세찬 바람
살며시 눈 감고 들어봐요
먼 대지 위를 달리는 사나운 말처럼
당신의 고요한 가슴으로 닥쳐오는
숨가쁜 벗들의 말발굽 소리
누가 내게 손수건 한 장 던져주리오
내 작은 가슴에 얹어주리오
누가 내게 탈춤의 장단을 쳐주리오
그 장단에 춤추게 하리오

나는 고독의 친구, 방황의 친구
상념 끊기지 않는 번민의 시인이라도 좋겠소
나는 일몰의 고갯길을 넘어가는 고행의 수도승처럼
하늘에 비낀 노을 바라보며
시인의 마을에 밤이 오는 소릴 들을 테요

우산을 접고 비 맞아봐요

하늘은 더욱 가까운 곳으로 다가와서
당신의 그늘진 마음에 비 뿌리는
젖은 대기의 애틋한 우수
누가 내게 다가와서 말 건네주리오
내 작은 손 잡아주리오
누가 내 운명의 길동무 돼주리오
어린 시인의 벗 돼주리오

나는 고독의 친구, 방황의 친구
상념 끊기지 않는 번민의 시인이라도 좋겠소
나는 일몰의 고갯길을 넘어가는 고행의 수도승처럼
하늘에 비낀 노을 바라보며
시인의 마을에 밤이 오는 소릴 들을 테요

1977. 9.

군 생활 반쯤이 지나 전속된 고양경찰서 타격대는 분대 규모였는데 내가 그 분대장이었다. 청사 안에서 경비과장님이나 쫄병들과 테니스도 치고, 정문 경비가 전담이었다. 내방객들의 신분증을 출입증으로 바꿔주는 그 정문 초소 안에서 근무 중(!)에 이 노래를 만들었다.

경찰서에는 큰 강당이 있었는데 거기서 혼자 노래도 하고 카세트에 녹음도 했었다. 그리고 서울의 어느 레코드사에도 외출로 들락거리고 있었다. 그때 이 노래를 들은 그 레코드사 사장님은 "미스타 정, 이런 노래 말고오, 사랑 노래, 응? 사랑 노래 말이야…" 했다. 그래서 그때 난 사랑 노래들을 많이 만들었다. 경찰서 정문 초소에서.

물론 그 뒤 많이 버렸다. 버리지 않은 몇 곡 중의 하나가 「촛불」이었다.

군대 생활은 누구에게나 불편하고 답답한 생활이다. 하지만 거기가 어떤 이들에게는 참으로 안정된 공간이다. 자유가 제한됨으로써 자유가 가지는 불안 요인을 많이 줄여 주기 때문이다. 거, 무슨 허튼 소리를 그리 심하게 하느냐고 할 사람들도 있겠으나 대체로 단순하고 안정됐던 그 한 시절이 때때로 그리워지는 사람들이 있다. 통제를 혐오하는 사람일수록 삶의 불안정성이 높을 수 있고 그것들이 피곤하게 느껴질 때… 차라리… 하면서 자신을 통제 안에 가두어두고 싶은 그런… 충동으로라도 말이다. 또 생활의 단순성 때문에라도 말이다.

민간인의 삶은 너무 복잡하다.

여드레 팔십 리(목포木浦의 노래)

여드레 팔십 리 방랑의 길목엔
남도 해무가 가득하고
어쩌다 꿈에나 만나던 일들이
다도해 섬 사이로 어른대누나
물 건너 제주도 뱃노래 가락이
연락선 타고 와 부두에 내리고
섬 처녀 설레던 거치른 물결만
나그네 발 아래 넘실대누나

에 헤이 얼라리여라, 노 저어 가는 이도 부러운데
에 헤이 얼라리여라, 님 타신 돛배로 물길 따라 가누나

떠나는 연락선 목메인 고동은
안개에 젖어서 내 귀에 들리고
보내는 맘 같은 부두의 물결은
갈라져 머물다 배 따라 가누나
나 오거나 가거나 무심한 갈매기
선창에 건너와 제 울음만 울고
빈 배에 매달려 나부끼는 깃발만
삼학도 유달산 손잡아 보잔다

에 헤이 얼라리여라, 노 저어 가는 이도 부러운데
에 헤이 얼라리여라, 님 타신 돛배도 물길 따라 가누나

1977. 9.

가사 중에 '떠나는 연락선 목메인 고동'이라는 대목이 있다. '고동'은 본래 '기적'이었다. 그걸 레코드 회사 사장님이 '고동'으로 바로잡아주셨다.

또, 그 첫 레코드사는 그런 곳이었다.

그 '기적'이 틀린 표현은 아닐 수 있지만 기차가 아닌 배니까 자연스럽지 않다고 느끼셨던 모양이다.

나의 기록이나 기억상 제대하기 전에 만든 노래들은 먼 이역을 떠돌거나 안정적인 거주감을 갖지 못하고 있는데 그건 당연하리라.

이 노래는 이삼 년 전 가출해서 목포항에서 제주로 들어가는 커다란 목선의 탑승 풍경을 담고 있는데 그 기억이 외람되이 군복무 중에 호출된 듯하다.

제2부 1978년, 가수가 되다

1978년, 가수가 되다

1978년 6월 제대 후, 군복무 중에 들락거리던 레코드 회사가 날 전속시켜 주지 않아 당시 용어로 '경음악 평론가' 최경식 선생의 소개로 서라벌레코드사에 가게 되었다. 내 노래들의 악보를 보신 이흥주 사장님은 바로 앨범을 내기 위해 가녹음을 하게 했고 평택에 있는 나를 서울로 불러올리셨다.

하수영, 최백호, 산울림 등이 한창 인기를 얻으며 상종가를 치고 있던 회사는 새로운 다크호스(방송에서 차인태 아나운서가 한 말이지 내 말이 아니다)의 앨범 작업을 일사천리로 진행시켰다.

가녹음된 것 중 「시인의 마을」이 타이틀곡으로 선정이 되었는데 앨범을 내려면 정부의 '사전 심의'라는 것을 받아야 한다고 했다. 거기서 이 노래가 걸렸다.

우선 "누군가의 시詩인 것 같은데, 그걸 확인하기 위해서 일단 보류한다"는 것이었다. 그러고는 그 누군가를 찾지 못했는지 정식 심의를 하면서 상당 부분을 "개작"하라는 통보가 내려왔다. "부정적인" 부분 모두. 심의 당국은 늘 가사의 "부정적인 내용"에 관해 깊은 관심을 보였다.

당시의 나는 그런 것들에 아무 관심도 없었고 레코드사 사장님이 다 고쳐서 심의를 통과시켰다.

그러나, 여기서부터 길고 긴 심의(사실상의 검열. 통과 못 하면 앨범 발표도 못 한다) 당국과의 싸움이 시작된다. 심의를 제출하고, 당국의 그분들 마음에 안 드는 부분은 수정 지시가 내려오고, 수정해서 다시 제출하고, 또 마음에 안 들면 반려하고, 어떤 때는 심의 회의에 내가 직접 출석해서 소명을 하고, 여러 명의 심의위원들은 긴 테이블에 둘러 앉아서 장황한 설교와 추궁 끝에 재수정 지시를 내리고, 난 자포자기하고, 이런 일로 교분(!)이 상당히 두터워진 위원회의 사무국장은 날 조용한 방으로 데려가 "정 형, 여기서 나하고 같이 고칩시다" 배려를 하고⋯ 그 후부터는 창작을 시작하기도 전에 심의를 생각해야 하고⋯ 게다가 심의료 곡당 3,000원⋯

서라벌레코드사 사장님은 특히, 출판사를 경영하신 분답게 내 가사에 주목하셨다.

"요 앞에 종로서적 있지? 태춘 씨는 책을 읽는 사람이니까 가서 목록을 뽑아 와" 하고 책값을 대주셨고 "태춘 씨는 여행도 많이 해야 되지?" 하며 여행비까지. 거기에 하숙비까지 대 주셨다. 이런 행운이라니⋯

그런데도 난 하나도 감사한 마음이 없었다. 너무나 자유롭고 몽환적인 나날들을 보내고 있었을 뿐이었다. 그때 서울이라는 곳은 기다란 대나무를 내 다리에 묶고 휘휘 유랑하고 부유하는 비현실의 세계였다. 당시, 남자들은 상상도 못 했던 목걸이, 남대문시장 난전에서 딱 손가락 한 마디만 한 구릿빛 하마 목걸이를 사서 걸고 다니기도 했다. 노오란 남방셔츠에⋯ 내가 누구인지 어떤 사람인지 왜 여기에 와 있는지도 궁금하지 않았다. 어쩌다 거기까지 흘러와서 떠내려가지 않고 머물러 있는 존재일 뿐이었다.

그렇게 아무 생각 없이 지내면서 회사에서 하자는 대로 녹음하고 방송에 나가고 하다 보니 노래는 대히트를 치고 난 얼결에, 단번에 유명 가수가 되고 말았다.

이런 나의 신분과 생활의 변화에 적응 못 하는 동안 한 방송사의 신인 가수상, 또 한 방송사의 작사 부문 상도 거머쥐게 되었다.

내가 꿈꾸었던 바도, 노력했던 바도 아니었다.

그 와중에 평생의 아내가 되어주신 박은옥 씨를 만났고, 그의 첫 앨범은 모두 나의 곡으로 짜여졌다.

아침 찬가

두리 덩실 솟아라, 올라라
해야, 둥근 해야
동해 물결 잔잔한 바다 위로
떠오르는 너 찬란하다
온누리에 눈부신 영광의
새날을 주려무나
우리의 꿈과 소망이 이 땅에 있어
그 햇살에 축복을 받으리라

풀잎마다 영롱한 이슬 맺고
대자연의 합창 속에 빛날 때
넓은 강은 힘차게 흐르고
산과 들의 맥박도 뛴다
우리의 가슴 속에도 비추어라
따뜻한 마음 활짝 열리리
나의 희망, 우리의 염원
무엇이나 모두 이루리

대지는 햇살 아래 빛나고
어제는 멀리 가버렸네
물결도 이제 다시 넘실거리네
조국의 강산도 빛나네

1978. 4.

촛불

소리 없이 어둠이 내리고
길손처럼 또 밤이 찾아오면
창가에 촛불 밝혀 두리라
외로움을 태우리라

나를 버리신 내 님 생각에
오늘도 잠 못 이뤄 지새우며
촛불만 하염없이 태우노라
이 밤이 다 가도록

사랑은 불빛 아래 흔들리며
내 마음 사로잡는데
차갑게 식지 않는 미련은
촛불처럼 타오르네

나를 버리신 내 님 생각에
오늘도 잠 못 이뤄 지새우며
촛불만 하염없이 태우노라
이 밤이 다 가도록

1978.

1979년 TBC 방송가요대상에서 작사 부문 상을 받은 작품이다.

친구처럼 지내던 유지연 씨. 그는 자작곡을 하는 포크 싱어였는데 기타 솜씨가 훌륭했다. 나보다 두세 살은 더 많은 양병집 씨의 소개로 알게 된 그의 친구였다.

데모 녹음을 그의 반주로 마쳤는데 정작 앨범 편곡은 다른 유명 편곡자가 맡았다. 그런데 레코드사 사장님은 그걸 버리고 유지연 씨와 다시 녹음하라고 했다. 과연! 유지연 씨의 그 투박하나 감미로운 기타 전주가 아니었다면 「촛불」이 당시에 그렇게 히트하지는 못했을 것이다.

군에 있을 때 유지연 씨를 만났고 그 이에게서 레너드 코헨의 노래를 복사해 받았었다. 그 테이프는 내가 처음 집중해서 들었던 팝이자 해외 싱어송라이터의 음악이었다. 내가 코헨으로부터도 영향받은 바 없지 않을 것이다. 분명.

그리운 어머니

저 꽃잎 속에 피어오르는 향내 맡으면
꿈속에 보듯 내 어머님의 모습 그리워
바람결 따라 어디론가 흩어져 가는
그 향기 속에 나 또한 묻혀 가고 싶어라
산과 들을 넘어
사랑과 우정을 건너
저 향기보다 더욱 진한 근심 서린 곳으로

바람아 불어라
거기까지만 불어라
어머님의 그 말씀이
다시 들리게만 불어라
얘, 내 아들아, 복되거라
내 사랑하는 아들아

1978. 7.

탁발승의 새벽 노래

승냥이 울음 따라, 따라간다 별빛 차가운 저 숲길을
시냇가 물소리도 가까이 들린다 어서, 어서 가자
길섶의 풀벌레도 저리 우니 석가세존이 다녀가셨나
본당의 목탁 소리 귀에 익으니 어서, 어서 가자
이 발길 따라오던 속세 물결도 억겁 속으로 사라지고
멀고 먼 뒤를 보면 부르지도 못할 이름 없는 수많은 중생들
추녀 끝에 떨어지는 풍경 소리만 극락왕생하고
어머님 생전에 출가한 이 몸 돌계단의 발길도 무거운데
한수야, 부르는 쉰 목소리에 멈춰 서서 돌아보니
따라온 승냥이 울음소리만 되돌아서 멀어지네

주지스님의 마른기침 소리에 새벽 옅은 잠 깨어나니
만 리 길 너머 파도 소리처럼 꿈은 밀려나고
속세로 달아났던 쇠북 소리도 여기 산사에 울려 퍼지니
생로병사의 깊은 번뇌가 다시 찾아온다
잠을 씻으려 약수를 뜨니 그릇 속에는 아이 얼굴
아저씨, 하고 부를 듯하여 얼른 마시고 돌아서면
뒷전에 있던 동자승이 눈 부비며 인사하고
합장해 주는 내 손끝 멀리 햇살 떠올라 오는데
한수야, 부르는 맑은 목소리에 깜짝 놀라 돌아보니
해탈 스님의 은은한 미소가 법당 마루에 빛나네

1978. 8.

note

  제대 후 서울에 와서 처음 기거하게 된 곳은 인사동이었다. 물론 군 입대 전에 몇 달 정도 노량진에서 고향 선배와 자취를 한 적이 있었다. 그와 함께 명동의 어느 고급 술집에서 또 한두 달 노래를 하면서.

  인사동의 숙소는 사장님이 소개해 준 어느 작곡가 사무실이었다. 거기엔 피아노가 있는 작은 연습실 하나뿐, 당시 말로 '이발소 그림'이라고 하는 그림들만 큰 방에 가득했던 게 기억나는데 지방에서 온 내 또래의 가수 지망생들이 작곡가 선생님의 사업에 매달려 있었다. 그림들을 다방 같은 곳에 임대하며 계속 바꿔주는 일이었다. 나는 회사 사장님이 아끼는 창작자여서 그 비지니스와 전혀 상관없이 옥탑방에 거주하며 빈둥빈둥 가수 준비(?)만 하면 됐다.

  그 옥탑방에서 이 노래를 썼다.
  뜨거운 양철 지붕 아래 책상머리에서 웃통을 벗어부치고 앉아 땀을 닦으며 산사의 새벽 풍경을 만들어내고 거기 빠져 들어가서 내 존재마저 바꿔치기하는 몽상…
  어떤 이들은 이 노래가 산사에 들어가 쓴 곡 아니냐 하고 또는, 정태춘 씨가 혹시 파계승이냐 하고 수없이 묻지만… 미안한 일이다. 마음으로야 얼마나 많이 탈속하고 또 파계했을까만 이 노래는 분명 팔월! 한낮! 뜨거운! 양철 지붕! 아래에서 쓴 곡이다.

  말이 나온 김에 덧붙이자면, 도두리 집에서 농사일을 할 때나 경찰서 타격대에 있을 때나 어느 날 느닷없이 삭발을 하고 들어오면 어머니와

74

경비과장님이 똑같이 깜짝 놀라셨다. 어머니는 아무 말 안 하셨지만 경비과장님은 "어이! 정 상경, 왜 이래! 응? 왜애?" 하셨다.

탈속하고 파계하고, 탈속하고 파계하고… 거어 참…

사랑하는 이에게 2

사랑하는 이에게

편지를 써요

깊은 밤에 일어나

다시 읽어요

매일처럼 외로운 사랑을 적어

보고 싶은 마음을 달래보아요

내일 또 만날 걸 알아요

오래 안 볼 수는 없어

하지만 또 떨어져서

이렇게 밤이 오면

화가 나게 미워요

사랑하는 이여

내 맘 모두 가져간

사랑하는 이여

1978.

연애가 시작되었다.

같은 회사 최백호 씨의 소개로 박은옥 씨가 회사에 온 것이다. 사장
님은 재고의 여지도 없이 나를 소개시켰고 사장실에서 몇몇이 둘러앉
은 가운데 그는 그의 기타 반주로 「Jesse」를 불렀다. 그 노래는 내 뒤통
수를 쳤다(난 그 이후 지금까지 그 노래처럼 박은옥에게 잘 맞는 노래를 만들어주지 못
했다. 미안하고 부끄러운 일이다).

사장님은 두 사람의 공동 작업(과 연애?)을 지시하셨고, 우린 곧 그렇
게 했다.

난 그를 위한 노래들을 썼고 함께 연습하고 녹음했다.

박은옥의 노래들(회상, 윙윙윙 등)이 서서히 알려질 무렵 우린 결혼하겠
다고 선언했다. "조금만… 은옥이도 한창 올라가는 중이니 조금만…"
미루면 안 되겠느냐는 사장님의 간곡한 만류에도 불구하고 그분의 주례
로 1980년에 결혼식을 올렸다.

그리고 나는 현실의 세계로 조금 더 깊이 빨려 들어왔다.

이 사람은

도회지에 황혼이 붉게 물들어 오면
여행자의 향수도 어디서 찾아든다
술렁대는 갈바람에 잎새 떨구는 나무 아래
옷깃 여미고 홀로 섰는 이 사람은 누구냐

은행나무 찬바람에 그 잎새 흩어지고
가로등 뿌연 불빛 초저녁 하늘에 뿌리면
거리마다 바쁜 걸음 스쳐 가는 사람 사이
처진 어깨에 발길 무거운 이 사람은 누구냐

땅거미 지고 어둔 변두리 가파른 언덕길로
어느 취객의 노랫소리 숨차게 들려오면
길가 흩어진 휴지처럼 풀어진 가슴을 안고
그 언덕길 올라가는 이 사람은 누구냐

깊은 밤하늘 위론 별빛만 칼날처럼 빛나고
언덕 너머 목쉰 바람만 빈 골목길을 달리는데
창호지 문살 한 귀퉁이 뿌연 등불을 밝히고
거울 보며 일기 쓰는 이 사람은 누구냐

1978. 10.

바람

이제는 사랑하게 하소서
여기 마음 가난한 사람들
길목마다 어둠이 내리고
벌써 문이 닫혀요
자, 돌아서지 말아요
오늘 밤의 꿈을 받아요
홀로 맞을 긴 밤새에
포근하게 잠든 새에
당신 곁을 스쳐갈
나는 바람이여요

이제 곧 어두운 골목길에도
발자국 소리 그치면
어둠처럼 고이고이
당신 곁에 갈 테요
밤하늘 구름 저 너머
고운 꿈을 펼치고
못다 한 사랑 이야길랑
내게 말해 주세요
고운 사랑 전해 줄
나는 바람이여요

1978.

사망부가思亡父歌

저 산꼭대기 아버지 무덤
거친 베옷 입고 누우신 그 바람 모서리
나 오늘 다시 찾아가네
바람 거센 갯벌 위로 우뚝 솟은 그 꼭대기
인적 없는 민둥산에 외로워라 무덤 하나
지금은 차가운 바람만 스쳐갈 뿐
아, 향불 내음도 없을
갯벌 향해 뻗으신 손발 시리지 않게
잔 부으러 나는 가네

저 산꼭대기 아버지 무덤
모진 세파 속을 헤치다 이제 잠드신 자리
나 오늘 다시 찾아가네
길도 없는 언덕배기에 상포 자락 휘날리며
요령 소리 따라가며 숨가쁘던 그 언덕길
지금은 싸늘한 달빛만 내리비칠
아, 작은 비석도 없는
이승에서 못다 하신 그 말씀 들으러
잔 부으러 나는 가네

저 산꼭대기 아버지 무덤

지친 걸음 이제 여기 와

홀로 쉬시는 자리 나 오늘 다시 찾아가네

펄럭이는 만장 너머 따라오던 조객들도

먼 길 가던 만가 소리 이제 다시 생각할까

지금은 어디서 어둠만 내려올 뿐

아, 석상 하나도 없는

다시 볼 수 없는 분 그 모습 기리러

잔 부으러 나는 가네

1978.

아버지가 돌아가신 직후에 만든 노래이다.

사실 아버지는 당신의 어머니께만 다정다감하신 분이셨다. 어머니를 포함한 다른 가족들에겐 그다지 살가운 모습을 보이지 않으셨다. 자식들 머리 한 번 쓰다듬어주시는 걸 본 적이 없다. 왜 그러셨을까? 그 가부장적인 모습들은 돌아가시기 몇 년 전까지 유지되다가 결국은 좀 바뀌셨다. 난 너무 늦게서야 부드러워진 당신의 음성을 들을 수 있었다.

그러나 나도 마찬가지. 어머니나 아버지께 살가운 자식이 아니었다. 그분이 돌아가시고 나서야 아버지란 존재를 새삼 깨닫게 되고 때로 그분의 모습에 나를 투영해서 나의 여러 모습을 비춰보게 되었다.

돌아가시고 얼마 안 되어 가사에 묘사된 풍경 그대로의 묘소에 한밤중에 혼자 찾아간 적이 있었다. 소주 한 병 들고. 왜 그랬을까… 기억이 가물댄다.

난 아버지의 생보다 더 긴 생을 살고 있다.

합장合掌

탑 돌아 불어오는 바람결에 너울진 소맷자락 날리고
새하얀 고깔 아래 동그란 얼굴만 연꽃잎처럼 화사한데
그 고운 눈빛 속에 회한이사 없으랴만
연잎에 맺힌 이슬 빛나는 햇살에 눈길 주어 웃는다
이 생의 뜨거운 것 노을빛 젖어 가려무나
허공의 먼 파도 소리도 연잎 아래 잠들어라
염주 알 헤아리는 모타라수母陀羅手에 백팔번뇌 사라지고
그 님의 고운 미소 초저녁 하늘로 자비롭게 번진다

그 마음 굽이굽이 울리는 풍경風磬에 엉킨 매듭 풀리고
억만 겁 하루같이 흘러온 세월만 초저녁 비에 젖는데
저 맑은 연못 속의 볼 젖은 꽃잎을 보다가
한 걸음 다가서며 나무아미타불 그 님 목소리도 고와라
이 생의 메마른 것 세우보시細雨報施로 젖으려무나
법당의 먼 불경 소리에 사바세계는 잠들어라
비 젖은 쇠북 소리 먼 먼 길을 어둠 속으로 떠나고
그 님도 먹장삼에 비 적시며 돌계단을 오른다

1978. 11.

고향

서산에 노을은 타는데
서산에 노을은 타는데
서산에 노을은 타는데
내 맘도 불붙어 타는데

저문 산언덕에 소나무
저문 산언덕에 소나무
저문 산언덕에 소나무
세상의 한 그루 소나무

어둔 들 가운데 하얀 말
어둔 들 가운데 하얀 말
어둔 들 가운데 하얀 말
내 맘에 묶여진 하얀 말

내 방 한구석의 손가방
내 방 한구석의 손가방
내 방 한구석의 손가방
내 인생 따라온 손가방

밤마다 꿈속의 고향길

밤마다 꿈속의 고향길

밤마다 꿈속의 고향길

내 향수 달리는 들녘 길

1978. 12.

사랑하는 이에게 3

그대 고운 목소리에
내 마음 흔들리고
나도 모르게 어느새
사랑하게 되었네
깊은 밤에도 잠 못 들고
그대 모습만 떠올라
사랑은 이렇게 말없이 와서
내 온 마음을 사로잡네

음, 달빛 밝은 밤이면
음, 그리움도 깊어
어이 홀로 새울까
견디기 힘든 이 밤

그대 오소서 이 밤길로
달빛 아래 고요히
떨리는 내 손을 잡아주오
내 더운 가슴 안아주오

1978. 박은옥 작사

• 연애 시절 대표적인 노래라고 할 수 있다. 가사는 박은옥 씨가 지었다.

하늘 위에 눈으로

하늘 위에 눈으로
그려놓은 당신 얼굴
구름처럼 흩어져
오래 볼 수가 없네
산봉우리가 구름에
갇히어 있듯이
내 마음 외로움에
갇히어 버렸네
너무나 보고 싶어
두 눈을 감아도
다시는 못 만날
애달픈 내 사랑

1978. 박은옥 작사, 곡

이런 밤

온종일 불던 바람 잠들고
어둠에 잿빛 하늘도 잠들어
내 맘의 창가에 불 밝히면
평화는 오리니
상념은 어느새 날아와서
내 어깨 위에 앉아있으니
오늘도 꿈속의 길목에서 날개 펼치려나
내 방에 깃들인 밤 비단처럼 고와도
빈 맘에 맞고 싶은 낮에 불던 바람
길은 안개처럼 흩어지고
밤은 이렇게도 무거운데
먼 어둠 끝까지 창을 열어
내 등불을 켜네

긴긴밤을 헤매이다 다시 돌아온 상념은
내 방 한구석에서 편지를 쓰네
나도 쓰다 만 긴 시를 쓰고
운 따라 흠, 흠 흥얼거리면
자화상도 나를 응시하고, 난 부끄럽네
이런 가난한 밤

이런 나의 밤

1978. 11.

파계破戒

주룩주룩 내리는 봄비에
이 겨울 추위도 풀리고
끝도 없이 내리는 밤비에
요 내 심사도 풀리려나
에헤야 떠나가네
밤마다 꿈마다 가던 길
에헤야 돌아가네
빗길로 한사코 간다네

그렁저렁 살아서 한평생
한도 탈도 많다만
풍진속세風塵俗世 그대만 믿고서
나 다시 돌아를 가려네

어서어서 돌아만 오소서
내 들은 일이야 없건만
새벽 꿈자리 심난한 까닭은
그대 장난이 아닌가

질척질척 비 젖은 황톳길

마음은 혹심或心에 급한데
헐떡헐떡 어두운 새벽길
왜 이리 걸음은 더딘고

1979. 4.

시인의 창

깨뜨릴 수 없는 한밤의 정적 속에 묻혀
홀로이 창가에 불을 밝히운 이 있어
짙은 어둠 속에 한 가닥 그의 불빛만
이리저리 헤매이다 흩어져
모든 이의 깊이 잠든 한밤의 꿈속엔
허황된 이야기만 엮이고 풀리는데
그의 창가로 바람처럼 서성대며
가고 오는 시간만
모든 진실을 얘기할 듯 싶구나
언덕배기 시인의 이층 창가엔
고도의 등대처럼 불빛만 외로운데
그는 사려 깊은 진리의 선각자처럼
명상의 웅덩이에 잠겨 있을까

아침이면 모두 간밤의 꿈에서 덜 깨어
또 반짝이고 큰 것만 찾아 나서는데
맑은 예지로 모두 깨워줄 우리의 시인은
아직 기침 소리조차 없구나
언덕배기 시인의 이층 창가엔
고도의 등대처럼 불빛만 찬란한데

그는 총명한 진리의 구도자처럼
사색의 우물 속에 잠겨 있을까

아침이면 모두 간밤의 꿈에서 덜 깨어
또 어른거리는 허상만 쫓아 나서는데
맑은 예지로 모두 깨워줄 우리의 시인은
벽에 기대어 잠들어 있구나

1980. 8.

봉숭아

초저녁 별빛은 초롱해도
이 밤이 다하면 질 터인데
그리운 내 님은 어딜 가고
저 별이 지기를 기다리나

손톱 끝에 봉숭아 빨개도
몇 밤만 지나면 질 터인데
손가락마다 무명실 매어주던
곱디고운 내 님은 어딜 갔나

별 사이로 맑은 달
구름 걷혀 나타나듯
고운 내 님 웃는 얼굴
어둠 뚫고 나타나소

초롱한 저 별빛이 지기 전에
구름 속 달님도 나오시고
손톱 끝에 봉숭아 지기 전에
그리운 내 님도 돌아오소

1981.1. 박은옥 작사

94

보름달

보름달
시골 마당에 숨바꼭질하는 애들
짚동가리 사이로 모두 깊이깊이 숨어라
거기 환한 달빛 비춰, 깜짝 놀라
나는 왜 숨어 다닐까, 숨어 다닐까

보름달
시골 마당에 술래잡기하는 애들
술래한테 채일라 모두 빨리빨리 뛰어라
제 그림자 밟으며 골목 골목 달리다
나는 왜 쫓겨 다닐까, 쫓겨 다닐까

달
시골 마당에 밤 늦도록 놀던 애들
방문 여는 소리 너무 커서 깜짝 놀라
나는 왜 몰래 다닐까, 몰래 다닐까

보름달
서울 한복판 많은 업무에 시달리다
친구하고 한잔하고 통금 직전에 나와
방범대 호각에 놀라 허둥지둥 달리다
나는 왜 쫓겨 다닐까, 쫓겨 다닐까

1981. 3.

애기 노래(비야 비야)

오늘은 오랜만에 재 너머 장 서는 날
아버지 조반 들고 총총히 떠나시고
어머님 세수하고 공연히 바쁘시고
내 누이 포동한 볼 눈매가 심란하다

어린 소 몰아 몰아 아버님 떠나시자
분단장 곱게 하신 어머님도 간데없고
영악한 우리 누이도 샛길로 숨어 가고
산중의 초가삼간 애기 하나가 집을 본다

산중의 애기 하나 혼자서 심심해라
우리 오매 어디 가고 우리 누이 어디 갔나
열린 문 저거 넘어 너두야 따라갈래
재 너머 장거리엔 구경거리 많다더라

장거리 구경거리 꿈에나 보자는지
애기는 제 팔 베고 스르르 잠이 들고
이리 뒤척 저리 뒤척 깊은 잠 못 자는데
애기네 집 마당에 먹구름 몰려온다

배고파 깨인 애기 빗소리에 귀가 번쩍

문밖을 내다보다 천둥 번개에 놀라고
그래도 꿈쩍 않고 신기한 듯 바라보다
무슨 소견 제 있는지 입속으로 중얼댄다

비야 비야 오지 마라 재 너머 장거리에
소 팔러 간 우리 아배 좋은 흥정에 일 다 보고
대낮 술에 취하시어 가슴도 후끈한데
후드득 소낙비에 소주 탁주 다 깨신다

비야 비야 오지 마라 재 너머 장거리에
사당패 짓거리에 넋이 나간 우리 오매
죄는 가슴 땀나는 손 소낙비에 흥 깨지고
정성 들여 곱게 하신 분단장도 지워진다

비야 비야 오지 마라 재 너머 장거리에
몰래 나간 우리 누이 비 맞으면 혼이 나고
포목전 예쁜 옷감에 공연히 설레이다
이리 질척 저리 질척 장 구경도 다 못한다

1981. 3.

• 당시 "가정 정서에 어두운 감정 유발과 불안의 요소"를 지적, 가정을 부정적으로
표현했다고 하여 심의 당국과 나 사이에 실랑이가 오간 작품이다.

우리들은

제 꼬리를 물려고 뱅글뱅글 도는 고양이처럼
제 그림자를 밟으려고 뛰는 아이처럼
우리도 언제까지나 맑은 마음으로
육신의 어둡고 긴 충동을 희롱할 순 없을까

웃는 얼굴 속에 감춰진 또 다른 추악한 얼굴처럼
밝은 한쪽과 그 뒤의 길다란 그림자처럼
자신과 또 그 내부의 자신과의 싸움에서
최고의 선을 향한 우리는 항상 승리할 수 없을까

어린 학생의 잘못에 조금치도 용서 없는 어느 선생님처럼
타인의 실수엔 절대 관용도 없는 소인배처럼
제 일에만은 인자하고 관대하던 우리들
자신의 과오에도 언제나 그렇게 엄격할 순 없을까

부딪쳐 오는 파도처럼 몰아쳐 오는 바람처럼
유혹과 시련은 끝이 없고 그 길가에 내가 섰는데

제 어미의 젖을 배불리 먹고 잠든 저 어린애처럼
저 산모퉁이 무덤 속의 영혼 없는 육신들처럼

우리가 모두 허기진 짐승인 양 집착하던
그릇된 애착과 욕망으로부터 초연할 순 없을까

비가 오거나 눈 오나 항상 푸르른 소나무처럼
인적 있거나 없거나 항상 열려진 저 숲속 길처럼
우리도 어느 땐가는 단 한순간만이라도
작고 하찮은 세상 모든 것으로부터 달관할 수 없을까

1981. 2.

얘기 2

저 들밭에 뛰놀던 어린 시절
생각도 없이 나는 자랐네
봄여름 갈 겨울 꿈도 없이 크며
어린 마음뿐으로 나는 보았네
도두리棹頭里 봄 들판 사나운 흙바람
문둥이 숨었는 학교 길 보리밭
둔포장屯浦場 취하는 옥수수 막걸리
밤 깊은 노성리老城里 성황당 돌무덤
달 밝은 추석날 얼근한 농악대
궂은 밤 동구 밖 도깨비 씨름터
배고픈 겨울밤 뒷동네 굿거리
추위에 갈라진 어머님 손잔등을

이 땅이 좁다고 느끼던 시절
방랑자처럼 나는 떠다녔네
이리로 저리로 목적지 없이
고단한 밤 꿈속처럼 나는 보았네
낙동강 하구의 심란한 갈대숲
희뿌연 안개가 감추는 다도해
호남선 지나는 김제 벌 까마귀

뱃놀이 양산도 설레는 강 마을
뻐꾸기 메아리 산골의 오두막
돌멩이 구르는 험준한 산 계곡
노을빛 뜨거운 서해안 간척지
내 민족 허리를 자르는 휴전선을

주변의 모든 것에 눈뜨던 시절
진실을 알고자 난 헤매었네
귀를 열고, 눈을 똑바로 뜨고
어설프게나마 나는 듣고 보았네
길 잃고 헤매는 교육의 현장과
지식의 시장에 늘어선 젊은이
예배당 가득히 넘치는 찬미와
정거장마다엔 떠나는 사람들
영웅이 부르는 압제의 노래와
젖은 논벼 베는 농부의 발자국
빛바랜 병풍과 무너진 성황당
내 겨레 고난의 반도 땅 속앓이를

얼마 안 있어 내 아이도 낳고

그에게 해 줄 말은 무언가
이제까지도 눈에 잘 안 띄고
귀하고 듣기 어려웠던 얘기들
아직도 풋풋한 바보네 인심과
양심을 지키는 가난한 이웃들
환인의 나라와 비류의 역사
험난한 역경 속 이어온 문화를
총명한 아이들의 해맑은 눈빛과
당당한 조국의 새로운 미래를
깨었는 백성의 넘치는 기상과
한뜻의 노래와 민족의 재통일을

1981. 3.

정새난슬

새로워라

태어났구나

하늘 바람을 가르며 나는 새

그 떳떳함이야

난蘭이야, 향香이야

이슬

옥구슬

안으로 맑음

밖으로 밝음이야

거문고는 그 소리라

정 새 난 슬

1981. 4. 정태의 작사

note

딸이 태어났다.

아무런 준비 없이 결혼하고 여전히 비현실의 시간이 더 많았던 내게 냉정한 현실로 자식이 생긴 것이었다. 세상은 아직 나와 전혀 가까워지지 않았고 생계도 불안한데 이렇게 사회적으로 무능 무책임한 사내에게 아무 때나 방긋거리는 딸이 어디서 온 것이었다. 그가 온 세상은 그의 아버지가 부적응, 불화하는 세상이었다.

결혼 이후로 가수로서의 내리막길을 걷게 된 것은 순전히 내 탓이었다. 회사 선곡으로 이루어진 1집 앨범과 달리 내가 선곡한 2집, 3집 앨범이 실패했고 새 히트곡(!)들은 발표되기 전이었다. 우린 딜레마에 빠져있었고 회사도 어려워져 그간 대주던 생활비마저 끊겼다.

결혼 당시 회사에서 받은 보너스였던 전세보증금은 점점 줄어들었고 이윽고 수유리에서 잠실 주공아파트까지, 거기서 또 가락동 시영아파트까지 쫓겨와야 했다. 압구정동에 현대아파트가 들어서기 전까지는 강북에서 강남으로 오는 일은 대개… 낙오하는 일 또는, 어렵게 새 출발하는 일… 이었다. 본격적인 재개발 전의 강남은 황량, 그 자체였다.

정태의 씨는 초등학교 교사였으며 어릴 적부터 나와 비슷한 면이 많았던 셋째 형님이시다.

당신의 아이들 이름을 짓다가 함께 지어두었던 이름을 우리 딸에게 주셨다.

'새로 태어난 슬기로운 아이…'

우네

저 건너 산에는 진달래 고운데
그 꽃을 못 먹어 두견이 우는데
우네, 우네, 두견이 우네
진달래 향기에 취해서 우네

동구 길 텃논엔 장맛비 오는데
넘치는 논둑엔 개구리 우는데
우네, 우네, 개구리 우네
장대비 속에서 목놓아 우네

외딴집 마당엔 갈 햇볕 좋은데
빈집을 지키는 아기는 우는데
우네, 우네, 아기가 우네
하늘이 깊다고 무서워 우네

눈 내린 산천엔 삭풍이 부는데
어둠에 덮인 채 뒷산이 우는데
우네, 우네, 뒷산이 우네
긴긴밤 눈가루 날리며 우네

1981. 7.

세 번째 앨범 『우네』의 타이틀곡이다. 상업적으로는 실패했다. 「새벽길」「우네」「비야 비야」 등은 가야금, 피리, 해금 등의 국악 반주로 녹음한 특별한 앨범이었다. 당시 나는 국악에 대해 각별한 애정과 욕심을 가지고 있었으며 그걸 '가요' 속에서 실현하고 싶었다.

도두리. 그 황량한 들판 마을은 제법 많은 사람들이 살고 있었다. 소위, 큰 동네였다. 그래서 정월이면 큰 척사 대회나 풍물놀이 같은 것들이 연례적으로 펼쳐졌었다. 때때로 다른 일과 관련해서도 마을에선 풍악 판이 벌어졌었다. 특히, 들이 넓은 고장인 평택은 전국에서 알아주는 "평택 농악"의 고장이다. 어린 시절에 난 그 풍물 소리들을 많이 들었고 거기 장고와 태평소 소리는 나의 유소년기 원체험 같은 것으로 각인되어 있다.

커서 그 마을에서 지낼 무렵, 거기 문학 청년들이 있었고 그중에 박광희 선배와 노래극 《춘향전》을 만들어 동네 젊은이들과 공연을 하기도 했었다. 물론, 남도 판소리의 정조로 작곡된 열댓 편의 곡들이 나왔었다. 아마도 73-4년경. 스무 살 무렵. 지금도 그 대본과 악보를 가지고 있다.

그리고 제대 후, 가수 활동 초기에 접한 남도소리나 씻김굿. 공연장들을 찾아다니며 그 소리들을 제대로 들으면서 그것들은 내 음악 서정의 새로운 기반으로 들어앉게 되었다.

한여름 밤

한여름 밤의 서늘한 바람은 참 좋아라

한낮의 태양 빛에 뜨거워진 내 머릴 식혀 주누나

빳빳한 내 머리카락 그 속에 늘어져 쉬는 잡념들

이제 모두 깨워 어서 깨끗이 쫓아버려라

한여름 밤의 고요한 정적은 참 좋아라

그 작은 몸이 아픈

나의 갓난아기도 잠시 쉬게 하누나

그의 곁에서 깊이 잠든

피곤한 그의 젊은 어미도

이제 편안한 휴식의 세계로 어서 데려가거라

아무도 문을 닫지 않는 이 바람 속에서

아무도 창을 닫지 않는 이 정적 속에서

어린 아기도 잠이 들고

그의 꿈속으로 바람이 부는데

한여름 밤의 시원한 소나기 참 좋아라

온갖 이기와 탐욕에 거칠어진 세상 적셔주누나

아직 더운 열기 식히지 못한

치기 어린 이 젊은 가슴도

이제 사랑과 연민의 비로 후드득 적셔주어라

한여름 밤의 빛나는 번개는 참 좋아라

작은 안락에 취하여 잠들었던 혼을 깨워 주누나

번쩍이는 그 순간의 빛으로

한밤의 어둠이 갈라지니

그 어둠 속을 헤매는 나의 길도

되밝혀 주어라

아무도 멈추게 할 수 없는 이 소나기 속에서

아무도 가로막을 수 없는 이 번개 속에서

어린 아기도 잠이 들고 나의 창으로

또 번개는 치는데

1981. 8.

당시 생활의 솔직한(?) 묘사이다. 피곤에 지쳐 잠든 아내와 몸이 아픈 갓난아기, 그 옆에서 상념에 시달리는 나의 모습…

앞에 언급한 것처럼, '상상한 것을 그려내는' 작업으로서의 노래가 아니라 체험의 이야기이다. 예술가들이 '상상'만 하지는 않는다. 일기도 쓴다.

실향가失鄕歌

고향 하늘에 저 별, 저 별

저 많은 밤 별들

눈에 어리는 그날, 그날들이 거기에 빛나네

불어오는 겨울바람도 상쾌해

어린 날들의 추억이 여기 다시

춤을 추네, 춤을 추네

저 맑은 별빛 아래

한밤 깊도록 뛰놀던 골목길

그때 동무들 이제 모두 어른 되어 그곳을 떠나고

빈 동리 하늘엔 찬 바람결의 북두칠성

나의 머리 위로

그날의 향수를 쏟아부어

눈물 젖네, 눈물 젖네

나의 옛집은 나도 모르는 젊은 내외의 새 주인 만나고

바깥 사랑채엔

늙으신 어머니, 어린 조카들, 가난한 형수님

아버님 젯상에 둘러앉은 객지의 형제들

한밤의 정적과 옛집의 사랑이 새삼스레

몰려드네, 몰려드네

이 벌판 마을에
긴 겨울이 가고 새봄이 오며는
저 먼 들길 위로
잊고 있던 꿈같은 아지랭이도 피어오르리라
햇볕이 좋아 얼었던 대지에 새 풀이 돋으면
이 겨울바람도, 바람의 설움도 잊혀질까
고향집도, 고향집도

1981. 12.

아버지는 내가 군대에서 제대하던 해에 돌아가셨다. 아버지가 돌아가시고 몇 년 안 되어 큰형과 둘째 형의 사업 실패로 평택의 도두리 시골집마저 새 주인을 맞아야 했다. 소식을 듣고 아직은 넘겨 주지 않은 옛집에 가서 구석구석을 둘러보며 메모를 했다. 그리고 「고향집 가세」를 만들었다.

그 뒤 제삿날이 되어 다시 가보니 대청마루 벽에 걸려 있던 우리 가족사진 액자가 새 주인 가족 액자로 바뀌어있었고 어머니와 형수님 등 큰형 댁 가족은 사랑채로 나앉아 있었다. 그리고 그 옹색한 사랑방에서 객지의 형제들이 모여 다들 아무 말없이 제사를 지내야 했다.

고향 마을과 고향집에 대한 자부심은 모두 산산조각이 났다. 얼마 뒤 어머니와 큰형 댁 가족은 그 마을마저 떠나야 했다. 형제들은 아무런 도움이 못 되었다.

봄밤

봄밤에 부른 노래 님 그린 노래
그 노래 부르다 목이 메여서
고운 님 미운 님
잊어버릴까

봄밤에 쓴 편지 못 부칠 편지
그 편지 쓰다가 가슴이 타서
고운 님 미운 님
잊어버릴까

봄밤에 꾸는 꿈 아지랭이 꿈
그 꿈을 꾸다가 눈물이 나서
고운 님 미운 님
잊어버릴까

1982. 3.

우리네 고향

가세, 가세, 길 떠나가세
어두운 밤길로 꿈처럼 가세
가세, 가세, 너두야 가세
바쁘게 오던 길 되돌아가세

가세, 가세, 논길로 가세
가문 들 흙냄새 맡으며 가세
가세, 가세, 너두야 가세
갈지자 걸음에 흥겨워 가세

가세, 가세, 고향엘 가세
빈 주먹 마른 종아리로 머슴 돼 가세
가세, 가세, 너두야 가세
봄 들판 아지랭이 구경이나 가세

가세, 가세, 벌초나 가세
죽은 애비 무덤에 벌초나 가세
가세, 가세, 너두야 가세
봉아제 산꼭대기 따라나 가세

가세, 가세, 갯벌로 가세
황톳길 지나서 또 건너가세
가세, 가세, 너두야 가세
우리네 고향은 여기나 저기

1982. 2.

그의 노래는

시영아파트 하수구에서 왕모기나 잡으며
하루 종일을 보내는 애들
서울 변두리 검은 하천엔 썩은 물만 흐르고
역한 냄새 속에서 웃지도 않고 노는 애들
자연이란 이들에게 무슨 의미가 있을까
맑은 시냇물과 쾌적한 바람이란

여름이면 그늘 밑으로, 겨울이면 양지쪽으로
숨이 차게 옮겨다니는 저 노인들
모진 세파에 이리 깎이고 저리 구부러진 채
이제 마지막 일만 초조히 기다리는 이들
세월이란 이들에게 무슨 의미가 있을까
덧없는 과거와 희망찬 내일이란

미친 운명은 광란처럼 나의 숨통을 조이고
나는 허덕이다 꿈을 깨고
크고 작은 역경 속에서 저 자신을 학대하며
뚫고 나서면 또 거기 시련이
휴식이란 우리에게 무슨 의미가 있을까
마음의 평화와 육신의 안식이란

그의 노래는 별빛도 없는 깊은 어둠 속에서 나와

화사한 그대 향락의 옷자락 끝에 묻어

발길마다 채이며 떨며 매달려

이제 여기까지 따라왔는데

그의 노래는 우리에게 무슨 의미가 있을까

가려진 실상과 전도된 가치 속에서

1982. 8.

원래 이 작품을 만들 때 제목은 「나의 노래는」이었다. 1988년 발표될 때 「그의 노래는」으로 바꾼 것은 아마도 부끄러운 자기 미화… 같은 것이 마음에 걸려서였지 않았을까 싶다.

이 노래 역시 '공윤' 심의에서 여러 군데가 걸려 음반에는 다른 가사로 실려있다.

'시영아파트'가 '후미진 아파트'로, '서울 변두리 검은 하천엔…'이 '서울 변두리 학교 앞에는 앳된 병아리를 팔고 비닐봉지에 사 담아 집으로 돌아가는 애들'로 바뀌었다.

내가 살고 있던 '시영아파트'라는 특정 명칭을 피해야 한다는 것이었고, '후미진'이란 표현은 그분들 마음에는 정말 안 들었겠지만 다른 어떤 부분들의 수정과 협상하면서 용인해 준 표현이었던 것 같다. 나머지는 또 '부정적'인 내용의 순화.

님은 어디 가고

보듬어 품에 안고 눈을 질끈 감으랴 내 님아
해도 지고 저문 날에 너는 가고 건너 산에 달이 뜨니
네 모습 저 달빛 아래 천지 사방 흩어지고
나는 달빛만 얼싸안고, 나는 달빛만 얼싸안고
시름 겨워, 시름 겨워

꼭 잡으면 터질세라 슬쩍 잡아 놓칠세라 꿈이 깨고
마주 보면 노할세라 비켜 보면 삐낄세라 날이 갔네
어느 하루 울 너머로 네 댕기 머리 보았더니
너는 내게로 다가와서 옷고름 움켜쥐고
나는 간다, 나는 간다

보듬어 품에 안고 눈을 질끈 감으랴 내 님아
해도 지고 저문 날에 너는 없고 험한 세상 바람 부니
바람조차 네 옷깃처럼 이리저리 스쳐 가고
나는 바람만 얼싸안고, 나는 바람만 얼싸안고
시름 겨워, 시름 겨워

1982. 12.

그곳에, 그곳쯤에

겨울 아침 맑은 햇살이 내 등 뒤에
잠시 머물다 지나가 버리고
잃어버렸던 시간들이 나를 깨워
불현듯 돌아다보는 창가에
바람이 밤새 두들기던 그 소린 어딜 갔나
눈 덮인 저 건너 산비탈, 햇살도 들지 않는
그곳에, 그곳쯤에 바람 잔단다

겨울 아침 눈부신 햇살이 내 이마 위에
잠시 머물다 지나가 버리고
거칠은 두 손을 모아 쥐고
문득 둘러보는 방 안에
널려진 책들이 밤새 외치던 그 애긴 어딜 갔나
멈춰진 시계의 바늘 끝에, 풀어진 태엽 속에
그곳에, 그곳쯤에 애긴 잔단다

아침은 햇살의 축복이요, 나는 늦은 하루를 또 맞네
흩어진 마음을 쓸어 모아 몇 줄의 또 새 노래를 부를까
하지만 지난 밤 쓰다 만 그 노랜 어딜 갔나
아침이 오기 전 떠나버린 새벽 찬바람 속에

그곳에, 그곳쯤에 노랜 잔단다

1982. 12.

2집, 3집 앨범의 상업적 실패로 80년대 초반에 우린 힘들었다.

2집 앨범은 「탁발승의 새벽 노래」 「사망부가」 같은 내 나름대로 중요하다고 생각하는 노래를 스스로 선곡했는데 판매에 실패했고, 국악 반주를 시도했던 세 번째 앨범 역시 실패로 돌아갔다. 밤업소 일도 별로 없고 다른 수입이 전혀 없는 데다가 그나마 생활비로 지급받던 월 20만 원가량의 보조금까지 끊긴 게 1982년이었다. 포장마차라도 할 것인가… 더 이상 노래하는 것은 어렵겠다고 결론까지 내리고 다른 길을 찾고 있었으나 내가 할 수 있는 다른 일은 아무것도 없었다. 계속해서 새로운 레코드사를 찾아다녔고 최소한의 생활 안정만이라도 가능하길 바랐다. 쌀, 연탄… 그것과 싸워야 했다.

1983년, 그러던 중에 '지구레코드사'에서 우릴 받아주었다. 부부가 4년간 전속에 8백만 원이라는… 정말, 최소한의 호의였다. 사실 거기서 원했던 것은 우리의 새 노래들이 아니라 이전에 히트한 레퍼토리의 음원들이었다. 그것이 계약의 가장 우선적인 전제 조건이었고 더 이상의 기대도 없었던 것 같다.

그렇게 겨우겨우 전속을 하고 「떠나가는 배」 「사랑하는 이에게」 앨범을 냈다. 숨통이 트이게 되었다.

1985년 1월부터 시작하여 1987년 10월까지 《정태춘 박은옥의 얘기 노래 마당》이라는 타이틀로 전국 순회공연에 들어갔다. 서울과 부산, 대구, 마산, 인천, 광주, 진주, 천안, 제주, 청주, 충주, 대전, 전주, 춘천, 원주, 울산 등 거의 전국 방방곡곡을 돌아다니면서 공연을 했다.

당시 가수들의 공연은 아무개 '리사이틀' 또는, 무슨 무슨 '쑈'라 불렸고 '콘서트'란 말도 클래식에서나 쓰는 낯선 말이었다. 이주원, 전인권, 강인원, 나동민 씨가 함께하는 공연 《따로 또 같이 콘서트》가 거의 유일한 소극장 콘서트였고 그건 일종의 실험 같은 것이었다.

대학로 샘터 파랑새 소극장에서 시작한 우리 부부의 전국 순회공연은 성황이었고 앨범은 '대박'이었다. 회사에서는 "방송할 필요 없다. 공연만 열심히 해라. 공연 끝나면 그 지역의 앨범이 동나고 재주문이 들어온다"며 공연 팜플릿 인쇄비를 쥐어주었다. 앨범 판매 수익은 우리 몫이 아니었다.

중요한 것은 그게 아니었다.

내가 대중들과 대화를 한다는 것이었다. 나의 문제의식을 비로소 대중과 나누게 되었다.

언더그라운드 가수가 골방에서 혼자 고민하던 저급한 수준의 사회 비판 의식과 고대사 열풍의 붐에 기댄 민족주의가 고작이었으나 그런 말을 하는 가수가 있다는 정도로도 박수를 보내고 함께해 주었다.

이제까지 방송이나 음반으로만 대중을 만나왔기 때문에 대중과의 만남이 항상 간접적이었던 것에 비해 《얘기 노래 마당》 공연은 전국 각지의 관객과 직접 만나 아주 가깝게 그들과 이야기를 나누고 노래를 부르고 그들의 반응을 즉각적으로 확인할 수 있었다. 그동안 심의에 걸려 음반으로는 발표할 수 없었던 「인사동」과 같은 노래들도 공연을 통해 부를 수 있었다.

말은 생각을 다듬게 하고 보다 발전된 말을 원하게 하는 법. 또, 소위 의식은 끝없는 허기를 느끼게 하는 법. 혼자서의 고민이 아니라 대중과 나눌 고민과 의식과 어법이 필요했다.

그때 내가 만난 것이 『실천문학』이었고 내가 나아가야 할 방향은 자명했다. 나의 노래는 '나의 일기'가 아니라 '우리들의 일기'가 되어야 하는 것이었다. 공연을 위해서가 아니라 내가 이제 진짜 어른, 시민으로 제대로 눈을 떠야 하는 것이었다. 거기 책의 작품들과 거기 소개되는 사회과학 서적들은 예술적으로 또 정치적으로 내가 가야 할 길을 자상하고도 선동적으로 안내하고 있었다. 나는 공부가 싫지 않았고 그 길을 갔다. 너무나 자연스럽게. 나는 변하고 있었다. 사춘기 때보다 더 큰 변화를 겪어야 했다.

하지만 여전히 혼자였다. 대화를 나눌 벗이 없었다.
노래도 일순간에 변할 수는 없었다.

이어도(떠나가는 배)

저기 떠나가는 배 거친 바다 외로이
겨울비에 젖은 돛에 가득 찬바람을 안고서
언제 다시 오마는 허튼 맹세도 없이
봄날 꿈같이 따사로운 저 평화의 땅을 찾아
가는 배여, 가는 배여 그곳이 어드메뇨
강남길로 해남길로 바람에 돛을 맡겨
물결 너머로 어둠 속으로
저기 멀리 떠나가는 배

너를 두고 간다는 아픈 다짐도 없이
남기고 가져갈 것 없는 저 무욕의 땅을 찾아
가는 배여, 가는 배여 언제 우리 다시 만날까
꾸밈 없이 꾸밈 없이 홀로 떠나가는 배
바람 소리 파도 소리
어둠에 젖어서 밀려올 뿐

1983.

'강남길'은 남지나해로 가는 길 그리고 '해남길'은 동지나해로 가는 길. 『제주도』라는 어느 시인의 책에 그렇게 씌어 있었다고 기억된다.

내가 노래를 만드는 방식이 남과 어떻게 다른지는 잘 모르겠는데 대개 이렇게 썼다.

왼쪽에 오선지 오른쪽에 백지를 놓고 그걸 준비하기 전에 이미 내게 잡힌 테마를 거기 함께 풀어가는 방식이다. 테마가 잡혔다는 것은 시작 부분의 가사와 거기 붙는 멜로디가 만들어졌다는 뜻이다. 그렇게 준비되어야 기타를 잡고 작곡을 시작한다. 이후 부분은 가사를 만들면서 멜로디를 고르고 전개하는 과정이다. 그렇게 시작하면 곧 곡의 전체 패턴이 정해지고 그 패턴 안에서 다음의 멜로디와 거기 맞는 가사들을 이어나가게 되는 것이다. 대개의 노래들은 30분이나 한 시간 안에 1절이 정리되고 그 뒤는 더 편안하게 진행하면 된다. 그렇게 한두 시간 안에 한 곡이 다 만들어지면 얼마간 고치고 다듬게 된다. 그래 봐야, '한 번 앉은 자리'에서의 일이었다.

그런데 「떠나가는 배」는 달랐다.

첫 한 줄의 테마를 잡았는데 도대체 얘기가 이어져 나오질 않는 것이었다. 그러곤 얼마 지나서 그 시인의 『제주도』라는 산문집을 읽고 이야기가 풀리기 시작했다. 그분의 정조와는 사뭇 달랐지만 우울하면서도 비장하게 풍경은 내 안에서 펼쳐지게 되었다.

그런데, 왜 갑자기 '강남길' '해남길'의 출처에 관한 기억의 확신이 사라진 걸까? 이상한 일이다.

　이 얘기를 하는 건 사실, 그 부분에 관한 불편한 에피소드가 있었기 때문이다.

　앨범이 나오고 어느 방송사에서 신곡을 소개하면서 평가도 하는 라디오 프로그램이 있었다. 거기에 이 노래가 선곡되었다. 그런데 거기 나온 평론가라는 사람이 "강남길은 서울 강남으로 가는 길인가요, 그럼 해남길은 전라도 해남으로 가는 길이겠네요? 이게 뭡니까" 하는 소리를 방송국 가는 택시 안에서 듣게 되었다. 해명이든 설명이든 하겠다고 스튜디오에 올라가니 아무도 없었다. 그리고 그 다음 주에 터미널 스튜디오에 나가서 그 시인과 산문집 이야기를 해야 했고 거기서 생방으로 노래도 불렀다.

　그런 에피소드 때문에 그 부분의 출처에 관한 확신이 희미해진 것에 내가 얼마간 불안해하는 것 아닐까.

우리는

지나가 버린 과거의 기억 속에서
우리는 무얼 얻나
노래 부르는 시인의 입을 통해서
우리는 무얼 얻나
모두 알고 있는 과오가 되풀이되고
항상 방황하는 마음 가눌 길 없는데
사랑은 거리에서 떠돌고
운명은 약속하질 않는데
소리도 없이 스치는 바람 속에서
우리는 무얼 듣나
저녁 하늘에 번지는 노을 속에서
우리는 무얼 느끼나

오늘은 또 순간처럼 우리 곁을 떠나고
또 오는 그 하루를 잠시 멈추게 할 수도 없는데
시간은 영원 속에서 돌고
우리 곁엔 영원한 게 없는데
부슬부슬 내리는 밤비 속에서
우리는 무얼 듣나
빗소리에 무거운 어둠 속에서

우리는 무얼 느끼나

1983. 6.

장서방네 노을

당신의 고단한 삶에 바람조차 설운 날
먼 산에는 단풍 지고 바닷물도 차더이다
서편 가득 타오르는 노을빛에 겨운
님의 가슴 내가 안고 육자배기나 할까요

비바람에 거친 세월도 님의 품에 묻고
여러 십 년을 한결같이 눌 바라고 기다리오
기다리다 맺힌 한은 무엇으로 풀으요
저문 언덕에 해도 지면 밤벌레나 될까요

어찌하리, 어찌하리 버림받은 그 긴 세월
동구 아래 저녁 마을엔 연기만 피어나는데
아, 모두 떠나가 버리고
해 지는 고향으로 돌아올 줄 모르네
솔밭 길로 야산 너머 갯바람은 불고
님의 얼굴 노을빛에 취한 듯이 붉은데
굽은 허리 곧추세우고 뒷짐 지고 서면
바람에 부푼 황포 돛대 오늘 다시 보오리다

비나이다, 비나이다 되돌리기 비나이다

가슴 치고 통곡해도 속절없는 그 세월을
아, 모두 떠나가 버리고
기다리는 님에게로 돌아올 줄 모르네
당신의 고단한 삶에 노을빛이 들고
꼬부라진 동구 길엔 풀벌레만 우는데
저녁 해에 긴 그림자도 님의 뜻만 같이
흔들리다 멀어지다 어둠 속에 깃드는데

1983. 9.

• '장서방'은 장승을 의미한다.

북한강에서

저 어둔 밤하늘에 가득 덮인 먹구름이
밤새 당신 머릴 짓누르고 간 아침
나는 여기 멀리 해가 뜨는 새벽 강에
홀로 나와 그 찬물에 얼굴을 씻고
서울이라는 아주 낯선 이름과
또 당신 이름과
그 텅 빈 거릴 생각하오
강가에는 안개가
안개가 가득 피어나오

짙은 안개 속으로 새벽 강은 흐르고
나는 그 강물에 여윈 내 손을 담그고
산과 산들이 얘기하는
나무와 새들이 얘기하는
그 신비한 소릴 들으려 했소
강물 속으론 또 강물이 흐르고
내 맘속엔 또 내가 서로 부딪치며 흘러가고
강가에는 안개가
안개가 또 가득 흘러가오

아주 우울한 나날들이 우리 곁에 오래 머물 때

우리 이젠 새벽 강을 보러 떠나요

과거로 되돌아가듯 거슬러 올라가면

거기 처음처럼 신선한 새벽이 있소

흘러가도 또 오는 시간과

언제나 새로운 그 강물에 발을 담그면

강가에는 안개가

안개가 천천히 걷힐 거요

1983. 9.

note

「북한강에서」는 지구레코드사에 가기 전에 만들어진 노래다.

3집 앨범을 실패한 이후 '서라벌레코드사'도 '대성음반'이라는 이름으로 바뀌고 경영상 어려움에 처해 있을 때 이 곡을 들어보신 사장님은 "앨범 발표하기 전에 가사를 신춘문예에 내보자"고 하셨고 난 그저 웃고 말았었다.

우리가 힘들 때였다. 가수로서 잊혀 가고 생계도 어렵던 때. 그런데 이런 고상한 가사를 쓰다니.

역시 비현실적인 인간 아닌가. 허어…

서울의 달

저무는 이 거리에 바람이 불고
돌아가는 발길마다 무거운데
화사한 가로등 불빛 너머
뿌연 하늘에 초라한 작은 달
오늘 밤도 그 누구의 밤길 지키려
어둔 골목, 골목까지 따라와
취한 발길 무겁게 막아서는
아, 차가운 서울의 달

한낮의 그림자도 사라지고
마주치는 눈길마다 피곤한데
고향 잃은 사람들의 어깨 위로
또한 무거운 짐이 되어 얹힌 달
오늘 밤도 어느 산길, 어느 들판에
그 처연한 빛을 모두 뿌리고
밤새워 이 거리 서성대는
아, 고단한 서울의 달

1983. 9.

한밤중의 한 시간

한밤중의 한 시간 깨어 일어나
어둠 속에 잠들은 이 세상을 보라
폭풍우 지난 해변처럼 밀려오는 정적만이
피곤한 이 도회지를 감싸 안고 재우는구나
높고 낮은 빌딩 사이, 그 아래 골목마다
어깨끼리 부딪치며 분주히 오가던 그 많은 사람들
눈을 감으면 되살아나는 그네들의 외침 소리
이제 모두 떠나가고 어둠만이 서성대는데
아, 이 밤과 새벽 사이, 지나가는 시간 사이
파란 가로등만 외로이 졸고
차가운 그 불빛 아래 스쳐가는 밤바람만이
한낮의 호사를 애기하는데
새벽 거리에 뒹구는 저 많은 쓰레기처럼
이 한밤의 애기들도 새 아침엔 치워지리라

아, 이 밤과 새벽 사이, 스쳐가는 밤바람 사이
흐르는 시간은 멈추지 않고
졸고 있는 가로등 그늘에 비켜 앉은 어둠만이
한낮의 허위를 애기하는데
저 먼 변두리 하늘 위로 새벽 별이 빛나고

흔들리는 그 별빛 사이로
새 아침은 또 깨고 있구나

1983. 9.

네 눈빛 속으로 무지개가

비 개인 하늘에 무지개 걸리고
그 너머로 너의 어린 꿈이 보이매
네 눈빛은 멀리 너의 고향 하늘을
그 하늘을 향해 맑게 빛나고
네가 혼자 그렇게 무지개를 좇아
개인 하늘 끝까지 달려가니
오, 햇살, 비에 젖은 대지 위
꿈틀거리며, 뒤치며, 돌아눕는 내 땅 위
지평선 멀리 꿈같은 무지개
그 속으로 너의 모습이 사라지고
네가 간 그 길에 풀 이슬이 빛나매
이제 뜨거운 햇살에 모두 잊혀지리니

저 멀리 하늘에 다시 흙바람이 불어
그 속으로 고운 무지개 사라지고
우리의 노래가 바람에 묻히듯
모두 침묵에 쌓여 너를 잊고 있을 때
너는 또한 그렇게 우리에게로 다시
빈 몸에 젖은 얼굴로 돌아오고
네가 달려간 높은 봉우리, 거기 잠들지 않는 바람

소리 지르며, 속삭이며, 감싸 안는 내 땅 위

흙바람 속에서 우리는 만나고

네가 우리 곁을 스쳐 지나갈 때

네 눈빛 속으로 무지개가 보이고

그 너머로 또 먼 하늘이 보이니

1983. 10.

인사동

장승 하나 뻗쳐 놓고
앗따 번쩍 유리 속의 골동품
버려진 저 왕릉 두루 파헤쳐
이놈 저놈 손 벌린 돈딱지
쇠죽통에 꽃 담아놓고
상석 끌어다 곁에 박아놓고
허물어진 종가 세간살이
때 빼고 광내어 인사동
있는 사람, 꾸민 사람 납신다
불경기에 파장 떨이 다 넘어가도
고단한 신세 귀한 데 가니
침 발라 기름 발라 인사동

놋요강에 개 밥그릇까지
가마솥의 누룽지까지
두메 산골 초가 마루 밑까지
뒤져 뒤져 쓸어다 돈딱지
열녀문에 효자비까지
충의지사 공덕비 향 내음까지
고려 신라 백제 주춧돌까지

호시탐탐 침 흘리는 인사동
양코쟁이, 게다 신사 납신다
문 열어라, 일렬종대 새치기 마라
푸대접 신세 물 건너가니
침 발라 기름 발라 인사동

1983. 10.

• 이 곡 역시 심의에서 통과가 되지 않았는데, "특정 상가 지역을 지나치게 비방, 비하 묘사하고 있다"는 이유에서였다.

녹수청산(남사당男寺黨)

녹수청산綠水靑山 개인 날에 어딜 가잔 나비더냐

이리로 훨, 저리로 훨 봄바람에 너풀대니

에헤요, 매운 세상 어드메서 꽃은 피나

양지 녘이 따가우면 그늘 아래 놀고

얼굴빛이 희거드면 탈바가지 쓰고

북장단에 신 오르면 깨끼춤이나 추고

다리 걸려 넘어지면 우리 형님 힘내소

가는 세월 잡고 보니 무너진 돌담이요

오는 세월 잡아봐도 냄새나는 남의 제사

시골 장터 한구석에 풍장 벌려놓고

오는 사람 가는 사람 살풀이나 할꺼나

일낙서산日落西山 저문 날에 어딜 가잔 나비더냐

이리로 훨, 저리로 훨 노을빛에 넘나드니

에헤요, 텅 빈 세상 어드메서 꽃은 피나

공산명월空山明月 깊은 밤에 어딜 가잔 나비더냐

이리로 훨, 저리로 훨 그림자로 너풀대니

에헤요, 텅 빈 세상 어드메서 꽃은 피나

양지 녘이 따가우면 그늘 아래 놀고

얼굴빛이 희거드면 탈바가지 쓰고

북장단에 신 오르면 깨끼춤이나 추고
다리 걸려 넘어지면 울 아버지 힘내소
천 리 길도 머다 않고 너를 보러 왔건마는
인적 없는 바람결에 너울너울 춤만 추고
소맷자락 풀어지고 나막 짚신 다 해지면
고개 너머 세월 너머로 나를 다려갈꺼나
새벽달이 남거들랑 단둘이나 갈꺼나

1984. 4.

거기 저 그리운 날들이 있으니

바람 불면 바람 부는 대로
그저 떠돌다 가는 구름이면
되돌아가는 그 바람결에
문득 실려 나 또한 돌아가리라
다시 한 번 어린아이로 태어나
저 파란 하늘에 종이 연을 날리고
바퀴 달린 신을 신고
지나간 시간들을 다시 달려오리라
비 개인 들 풀잎 사이 스치는 바람도 만나고
대지에 뿌리는 햇살, 살아 숨 쉬는
그 모든 것들도 만나리라
바람 불면 바람 부는 대로
그저 떠돌다 가는 구름이면
언제라도 떠나가도 좋겠네
거기 저 그리운 날들이 있으니

다시 한 번 어린아이로 태어나
저 파란 하늘에 종이 연을 날리고
바퀴 달린 신을 신고
지나간 시간들을 다시 달려오리라

돌아오는 길목에서 저 많은 사람들 사이

나 그대 다시 만나고

그 좋은 시절도 다시 만나리라

모든 시련은 바람결에 지우고

우리 함께 떠난대도 좋겠네

바람은 지금도 불어오고

거기 저 그리운 날들이 있으니

1984. 5.

고향집 가세

내 고향집 뒤뜰의 해바라기 울타리에 기대어 자고
담 너머 논둑길로 황소 마차 덜컹거리며 지나가고
음, 무너진 장독대 틈 사이로
음, 난쟁이 채송화 피우려
음, 푸석한 스레트 지붕 위로 햇살이 비쳐오겠지
에헤야, 아침이 올 게야
에헤야, 내 고향집 가세

내 고향집 담 그늘의 호랭이꽃 기세등등하게 피어나고
따가운 햇살에 개흙 마당 먼지만 폴폴 나고
음, 툇마루 아래 개도 잠이 들고
음, 뚝딱거리는 괘종시계만
음, 천천히 천천히 돌아갈 게야, 텅 빈 집도 아득하게
에헤야, 가물어도 좋아라
에헤야, 내 고향집 가세

내 고향집 장독대의 큰 항아리
거기 술에 담던 들국화
흙담에 매달린 햇마늘 몇 접 어느 자식을 주랴고
음, 실한 놈들은 다 싸 보내고

음, 무지랭이만 겨우 남아도
음, 쓰러지는 울타리 대롱대롱 매달린
저 수세미나 잘 익으면
에헤야, 어머니 계신 곳
에헤야, 내 고향집 가세

마루 끝 판장문 앞의 무궁화 지는 햇살에 더욱 소담하고
원추리 꽃밭의 실잠자리 저녁 바람에 날개 하늘거리고
음, 텃밭의 꼬부라진 오이, 가지
음, 밭고랑 일어서는 어머니
지금 퀴퀴한 헛간에 호미 던지고
어머니는 손을 씻으실 게야
에헤야, 수제비도 좋아라
에헤야, 내 고향집 가세

내 고향집 마당에 쑥불 피우고
맷방석에 이웃들이 앉아
도시로 떠난 사람들 얘기하며
하늘의 별들을 볼 게야
음, 처자들 새하얀 손톱마다

음, 샛빨간 봉숭아 물을 들이고
음, 새마을 모자로 모기 쫓으며
꼬박꼬박 졸기도 할 게야
에헤야, 그 별빛도 그리워
에헤야, 내 고향집 가세

어릴 적 학교길 보리밭엔 문둥이도 아직 있을는지
큰 길가 언덕 위 공동묘지엔 상여집도 그냥 있을는지
음, 미군 부대 철조망 그 안으로
음, 융단 같은 골프장 잔디와
음, 이 너머 산비탈 잡초들도
지금 가면 다시 볼 게야
에헤야, 내 아버지는 그 땅 아래
에헤야, 내 고향집 가세

1984. 6.

note

6절의 "미군 부대 철조망 그 안으로 융단 같은 골프장…" 가사는 원래 지을 때에는 "미군 부대 철조망 그 안으로 꿈처럼 내려앉는 낙하산, 파란 하늘가에 떠있는 뭉게구름도…"였다.

어릴 적 저 멀리 미군 부대 하늘 위로 보이는 오색 낙하산과 푸른 하늘 뭉게구름은 마치 꿈과도 같이 아름다운 것으로 받아들여졌는데 1988년 음반을 만들면서는 가사를 위의 내용으로 고치게 되었다. 그나마 이 6절은 미군 부대 등의 가사 때문에 심의에 걸려서, 음반에서 빠졌다.

배 들온대여

배 들온대여, 새우젓 배 들온대여
찬 새벽 달빛에 웅크린 갯벌
잔 파도 밀며 배 들온대여
배 들온대여, 새우젓 배 들온대여
황포 돛대는 감아 올리고
밀물에 실려 배 들온대여
꿈인가 내가 그곳에 다시 가나
아, 뱃터는 사라지고
갯벌 갈대처럼 부대끼던 얼굴들
이십 년 세월에 그 한 모두 풀었다는가
(뜨신 국물에 쓴 소주 한 잔으로 가슴이 더울 줄 그땐 몰랐지)
배 들온대여, 새우젓 배 들온대여
찬 새벽 달빛에 웅크린 갯벌
찬 파도 밀며 배 들온대여

꿈인가 내가 그곳에 다시 가나
아, 갯벌도 사라지고
어두운 하늘에 습기 찬 바람만
떠나온 고향을 홀로 남아 지켰다는가
(아, 이제 돌아갈 고향도 잃고 닻을 내릴 곳도 없는데)

배 들온대여, 새우젓 배 들온대여
텅 빈 내 가슴에 새벽 밀물처럼
가득히 밀려와 닻을 내린대여

1984. 11.

들 가운데서

바람아 너는 어딨니, 내 연을 날려 줘
저 들가에, 저 들가에 눈 내리기 전에
그 외딴집 굴뚝 위로 흰 연기 오르니
바람아 내 연을 날려 줘 그 아이네 집 하늘로

바람아 너는 어딨니, 내 연을 날려 줘
저 먼 산에, 저 먼 산에 달 떠오르기 전에
아이는 자전거 타고 산 쪽으로 가는데
바람아 내 연을 날려 줘 저 어스름 동산으로

바람아 너는 어딨니, 내 연을 날려 줘
저 하늘 끝, 저 하늘 끝 가보고 싶은 땅
얼레는 끝없이 돌고, 또 돌아도 그 자리
바람아 내 연을 날려 줘 들판 건너 산을 넘어

1984. 10.

도두리에서 동쪽으로 대추리 앞의 미군기지 철조망가에 두세 집의 가옥이 있었는데 거길 우린 아마도 '세 집매'라고 불렀던 것 같다. 들판 가운데의 도두리에서 보면 꽤 언덕이었는데 머얼리까지 눈으로 보이는 데도 우린 거기까지 가본 적이 없다. 왠지 금단 구역이었고 거기 사람들은 미군 부대 쓰레기통을 뒤져서 먹고 사는 사람들이라는 이야기만 들었다. 그 작은 언덕 마을 높은 철조망 너머에는 그야말로 융단 같은 잔디와 깔끔한 검정 아스팔트 도로의 미군 부대 막사들이 있었다. 거긴 이국이었다.

부대 안에는 '미군의 날' 같은 때에 들어가 보기도 했고 때로는 도두리 쪽 부대 후문에서 안정리 쪽 정문까지 부대 셔틀버스를 타고 통학길을 단축하는 기회도 있었다. 그때 그 버스를 '쌕 버스'라 했는데… 그게 무슨 말이었을까. 또 그때 기억 하나.

그 버스를 가끔씩 우리와 같이 타는 친구가 있었는데 그의 아버지는 미군 부대에 다니셨다. 그 친구는 외지에서 이사 온 지 얼마 안 된 약간은 이질적인 존재였다. 그가 후문에 다 와서 그 쌕 버스에서 내리면서 우릴 늘 퉁명스럽게 구박하던 운전기사에게 "감사합니다"란 말을 내뱉은 것이었다. 뒤따라 내리던 우린 깜짝 놀라서 모두 뒤로 나자빠질 뻔했다.

사실 난, "고맙습니다" "미안합니다"를 어른이 되어서도 입에서 잘 끌어내지 못했다. 그건 비굴한 언어였다. 어려서도 거의 들어보지 않은 말이었다. 나의 최초의 문명은 그랬다. 남에게 비굴하게 굴지 마라. 지나치게 친절하지 마라.

물론 그 다음 문명, 나는 거기 적응했다. 적응하려고 노력했다.

겨울. 연을 날리면 언제나 편서풍에 연이 그 하늘 쪽으로 날아 올라 갔다. 줄이 끊어지고 연은 그 하늘 머얼리로 날아가고…

여름 가을엔 하아얀 뭉게구름 위에서 오색 낙하산이 꽃잎처럼 내려 오던 그 파란 하늘.

이 노래도 또 하나의 실향가이다.

애고, 도솔천아

간다 간다 나는 간다 선말 고개 넘어간다 자갈길에 비틀대며 간다
도두리 벌 뿌리치고 먼 데 찾아 나는 간다 정든 고향 다시 또 보랴
기차나 탈거나, 걸어나 갈거나
누가 이깟 행차에 흥 난다고 봇짐 든든히 싸겠는가
시름 짐만 한 보따리
간다 간다 나는 간다 길을 막는 새벽 안개 동구 아래 두고 떠나간다
선말산의 소나무들 나팔 소리에 깨기 전에 아리랑고개만 넘어가자

간다 간다 나는 간다 도랑물에 풀잎처럼 인생행로 홀로 떠돌아 간다
졸린 눈은 부벼 뜨고 지친 걸음 재촉하니 도솔천은 그 어드메냐
기차나 탈거나, 걸어나 갈거나
누가 등 떠미는 언덕 너머 소매 끄는 비탈 아래
시름 짐만 한 보따리
간다 간다 나는 간다 풍우설운 등에 지고 산천 대로 소로 저자길로
만난 사람 헤어지고 헤진 사람 또 만나고 애고, 도솔천아

기차나 탈거나, 걸어나 갈거나
누가 노을 비끼는 강변에서 잠든 몸을 깨우나니
시름 짐은 어딜 가고
간다 간다 나는 간다 빈 허리에 뒷짐 지고 나 나…
선말 고개 넘어서며 오월 산의 뻐꾸기야 애고, 도솔천아
도두리 벌 바라보며 보리원의 들바람아 애고, 도솔천아
애고, 도솔천아

여기 거론되는 특정 지명들은 모두 실제 지명이다.

'도솔천'을 뺀 '선말' '도두리' '아리랑고개' '보리원'…

난 그 시골 고향 마을을 벗어나지 못하는 답답함을 기억하며 이렇게
노래했는데, 고향 사람들은 이 노래를 좋아한다. 아주 좋아한다.

제3부 송아지 송아지 누렁 송아지

송아지 송아지 누렁 송아지

지구레코드사에서는 1984년에 『떠나가는 배/사랑하는 이에게』 앨범을, 86년엔 『북한강에서/봉숭아』 앨범을 냈다.

전속이 끝날 무렵 3년여 동안 이어졌던 《애기 노래 마당》 공연도 마무리되었다. 두 앨범은 절찬리 판매되었고 우린 그야말로 세속적인 재기에 성공한 것이었다.

지구레코드사에서 나와 우리가 자체 제작한 앨범을 1987년에 출시했다. '지구'에서 발표했던 노래들을 포함하여 이미 발표됐던 노래들을 재녹음한 『정태춘 박은옥 발췌곡집』이었는데 예상 외로 불티(!)나게 나가는 것을 보면서 비로소 음반 시장의 상황과 우리의 상품성을 알게 되었다. 앨범의 자체 제작으로 돈이 모이기 시작했다. 오래 붓던 주택 청약을 버리고 아파트를 살 수 있을 만큼, 그리고 생활비 걱정 없이 내가 하고 싶은 공연을 할 수 있을 만큼!

사실, 여기서 한 사람의 얘기를 빼놓을 수 없다.

그는 《애기 노래 마당》 공연 때에 우리와 처음 만났다. 군대를 갓 제대한 훤칠한 청년이었다. 짧게는 작은 아파트 우리 집에서 같이 지내면서 또, 혼자 지방에 내려가 머물면서 순회 공연들을 다 준비하고, 《누렁 송아지》 공연 때에는 전교조와 대학 총학을 만나 또 모든(!) 걸 준비하고 진행하고, '지구'와의 재전속이냐 자체 제작이냐의 불확실한 선택의 순간에는 과감하게 우리를 자체 제작 쪽으로 밀어붙여 경제적인 안정을 만들어주었다. 그 후, 30년이 지난 오늘에 이르기까지 우릴 뒤에서 든

든하게 돌보아 준 사나이. 강성규 (그에게 감사한다).

　1988년 초, '청계피복노조'(당시로서는 가장 위험한 노동자 단체, 아… 전태일…)의 비밀 집회 '일일 찻집'에 초대되었다. 12만 명 피복노조원 중 불과 1~2백 명이 참가했는데, 무대에 섰을 때 강한 인상을 받았다. 전에도 노동자 문화제 같은 곳에 나간 적이 있었지만 느낌이 전혀 달랐다. 공연이 끝나고 노동운동가들과 만났다. 많은 얘기를 나누었고 내가 노동운동 등에 유효하게 쓰일 수 있다면 그렇게 할 것이라고 말했다. 준비된 일이었다. 아내도 큰 반대는 없었다. 우린 그간 많이 다투기도 했지만 또 많은 대화를 나누었으니까. 그리고 계속해서 노동자들 모임에 초대되어 나갔다. 교통비 또는, 무료로.

　그러면서 준비한 것이 "정태춘 노래극《송아지 송아지 누렁 송아지》" 공연이었다(박은옥 씨는 딸을 돌보는 것에 전념하고 있었다).

　그간의 변화와 보다 다듬어진 문제의식을 담은 노래극이었다. 내가 새로 만든 「비나리」로 시작되는 사설, 약간의 극적 요소와 국악기들이 들어가고 얼마간의 사회 비판과 풍자를 담고 다소 소박하나마 비로소 당시의 내 얘기를 담아내는 정도의 공연이었다. 실내 공연이었다.

　서울, 부산 등 몇 군데에서 우리 공연팀 단독으로 공연을 하다가 '전교조'를 만나게 되었다. 이건 완전히 판을 바꾸는 일이었다. 해고와 구속 등 정부의 강력한 탄압에 맞서 교사들이 노동조합 건설을 위해 일어서고 있었고 그 투쟁에 함께하기로 했다. 교사들만이 아니라 모든 영역의 사회 노동 현장에서 피 터지는 투쟁들이 전개되고 있을 때였다.

우리 공연팀과 전교조와 전국의 대학교 총학생회 문화부장들이 우리 잠실 지하 사무실에 모여서 거사를 기획했고, 극단 "현장"이 동참하게 되었다. 지역에서 동참하는 수십 명의 풍물패와 함께하는 큰 판이 짜여졌다.

대학 운동장에서의 대단위 공연을 위해 거대한 장비도 필요했고 5톤 트럭 두 대와 버스 한 대가 움직였다. 공연장에는 그 지역의 모든 진보 단체와 학생, 시민들이 모여들었다. 경찰력이 개입하기도 하고 그들과 얼마간의 갈등도 없지 않았으나 순회공연은 20여 개 지역에서 최고의 관객을 동원하면서 최대의 성과를 거두었다.

1988년 12월에 시작하여 1989년 10월에 마무리된 장정이었다.

그 공연에 함께했던 순헌이, 호준이, 일수, 혁준이, 치현이…

그러나 그 정도의 레퍼토리로 우리 현실을 제대로 반영하고 비판할 수는 없었다. 새로운 노래가 필요했다. 새로운 앨범…

내 안에서 새로운 노래들이 쏟아져 나왔다. 그간의 노래 어법과 형식조차도 파괴하는 격정적인 새 노래들… 「아, 대한민국…」

버섯구름의 노래

강가의 풀꽃들이 강물의 노래에 겨워
이리로 또, 저리로 흔들, 흔들며 춤출 때
들판의 아이들이 제 땅을 밟고 뛰며
헤어진 옛 동무들을 소리쳐 부를 때

바로 그때, 폭풍과 섬광
피어오르는 버섯구름 하늘을 덮을 때

공장에서 돌아온 나 어린 노동자
지친 몸을 내던지듯 어둔 방에 쓰러질 때
갯가의 할아버지 물 건너 산천을 보며
갈 수 없는 고향 노래 눈물로 부를 때

도회지 한가운데 최루탄 바람이 불고
불꽃과 그 뜀박질로 통일을 외칠 때
가슴엔 우국충정 압제의 칼날을 품고
얼굴에는 미소 가득 평화를 외칠 때

1988. 7.

비나리

천개시天開時에 나반那般이요 아만阿曼이라
환국桓國 서니 환인桓因님이요
배달국倍達國 신시神市 환웅桓熊
치우治尤 지나 18세世 거불단巨佛壇
웅녀熊女의 배를 빌어 단군檀君이 나는구나
천개 이후 반만년에 단군 조선朝鮮이 서는구나

불함산不咸山 아사달에 왕검성을 마련할 제
홍익弘益의 인간이요, 제세이화濟世理化의 군군軍君이로구나
드넓은 강토백성을 순후지치淳厚之治로 다스려내고
억세인 오랑캐는 위威와 덕德으로 거느리니
치자治者의 대본大本이요, 환족桓族의 슬기로세
이후론 그 혈손이 번창히 뻗어나가
자주 평화 인류 공영 각 집의 살림살이 넉넉히 유지하라
복 빌어 다짐 놓으니 뜻이나 알고 가자

뜻이야 감춰 가지고 역사는 가는구나
각 대의 선왕들이 땅을 줄이고 나랄 세우니
따르는 착한 백성 반도 땅으로 꼰두백혀
급기야 시러배 놈들 나라마저 팔아먹으니 백성들 죽을 고생

기상은 어딜 가고 슬기마저 숨는고나
최후엔 제 몸 잘라 남북으로 찢어져서
피 싸움으로 적이 되니 애통타 설운지고
통일이 지상 과업 통일이 살길이라

비나리를 하잔 뜻은 살풀이가 본래 뜻
천지 사방의 잡귀 잡신은 과학신으로 몰아내
과학신에 붙는 살은 민족주의로 몰아내
민족주의 붙는 살 평화주의로 몰아내
이 구석에는 퇴폐살煞, 저 구녕에는 향락살
이 마당에는 사대事大살, 저 바닥에는 종속살
이 논배미엔 사채살, 저 밭떼기엔 투기살
쌀이라며는 통일쌀 목숨 부지의 근본이라

좌경 용공 몽둥이로 민주 운동에 탄압살
용공 잔재 건재살에 등살 밑에서 고생살이요
보통 사람 기만살, 없는 놈들 한숨살에 가진 놈들 과시살
민족주의 모함살이요, 식민주의 발광살
하천마다 공해살이요 에이즈에 마약살, 위기 일발 핵살이요
유괴 살상 인신매매 딸 둔 부모 공포살

일체 액살을 휘몰아다 금일 정성 대를 받쳐 쇠 장단에 날려 버리니
예 오신 여러분네 만사가 대길이요 백사가 여일하고
맘껏 뜻껏 잡순 대로 소원 성취 발원이라

천개시에 큰 기상에 큰 뜻이요 두루뭉수리 통일 역사
다릴 펴 도서 일본 기지개로 압록 건너 만주 벌
허리띠 풀어버리고 큰 숨 한 번 쉬자 하고
고난 질곡의 산줄기가 꿈틀거리며 깨는구나

소원 성취, 무병 장수, 민주 쟁취, 주체 문화,
남북 통일, 평화 세상 발원이요

《누렁 송아지》 공연은 이 비나리로 시작됐는데 내가 원래의 전통적인 가사의 틀에 전혀 새로운 내용을 바꿔 담은 것이었다. 당시 난 고대사나 《환단고기》류의 민족주의에 빠져있었는데 이 공연이 그 절정이라 할 만하고 이후 이런 한반도 중심의 협소한 민족주의를 탈피하게 된다.

공연에서 이 비나리를 부르고 끝까지 함께해 준 충주의 소리꾼 권재은을 잊을 수 없다. 또 국악의 김규형, 김재원, 김원선… 그리고, 오랜 우리 가족의 친구 이무하…

우린 새로운 공연 양식을 만들어 냈었다.

당시 대학가에서는 민중문화 운동이 한창 시작되고 있었다. 그런 배경에서도 이 공연은 절대적인 지지를 받았다.

이 공연으로만이 아니고 나 단독으로도 수많은 대학의 '대동제'에 초대되어 갔는데 대학은 데뷔 때에 다니던 '축제'와는 전혀 다른 새로운 문화의 텃밭이 되어있었다.

축제에서부터 대동제까지 그렇게 오랫동안 대학 초청 공연을 다닐 수 있었던 건 개인적인 행운이었다고도 말할 수 있으리라. 내가 젊디젊은 열정을 공적 양심에 따라 거침없이 쏟아부을 수 있는 변혁의 시대에 태어났다는 것과 그런 시대가 어느 세대에게나 오는 게 아니라는 사실과 함께.

그러나 그 변혁의 시대는 그리 길지 않다는 것, 그 열기도 결국은 다시 식어간다는 것. 그것을 지켜봐야 하는 고통도 감수해야 한다는 것이 남아있었다.

권주가

시골집 툇마루 흙벽에 기대어
마셔, 마시는 막걸리라
한 잔에 취하고 두 잔에 흥이 나니
불러 부르는 권주가라
어허나 아나콩콩 어루허나 아나콩콩 ──

배웠단 놈들은 안 돌아오는데
과학화 영농은 웬 말이며
비료에다 농약에다 땅심은 죽어가도
내년의 농사도 대풍이라
어허나…

농토의 절반은 대처 놈 차지라
소작료 바치면 쭉정이뿐이요
사채에다 융자에다 허리가 휘는데
농자는 천하지 대본야라
어허나…

땅 팔아, 소 팔아 자식 놈 갈키고
무식한 농사꾼 병드는데
보험료 비싸고 병원 문턱 높으니

죽어 나자빠져도 복지 사회
어허나…

없는 놈 끼리끼리 갯벌 막아 개간해도
등기상 주인은 딴 놈이요
그 머슴질 싫다고 모두들 떠나도
시골의 풍경은 평화더냐
어허나…

촌놈이 부자 되기 이대론 가망 없고
대처로 떠난들 별수 있나
오가도 못할 살림 구멍만 커가는데
땅 보고 하늘 보고 어쩔거나
어허나 안 돼, 안 돼 어루허나 안 돼, 안 돼 ––

방귀 깨나 뀌는 놈은 내놓고 호사 극치
겁 없이 뿌려대도 여전 떵떵
없는 놈 피땀으로 쌔빠지게 바둥 쳐도
깡마른 가슴팍이 늘상 허전
어허나 안 돼, 안 돼 어루허나 안 돼, 안 돼––

다시 가는 노래

에, 해 떨어진다 돌아가자 고갯길 장승터엔 해무리가 진다
에요 데요, 갯바람 살랑살랑 빈집 허물기 전, 에요 가자
해가 뜨면 땡볕이요, 달이 뜨면 칼바람
맘 붙여 몸 기댈 언덕배기 하나 없네
예 어디냐, 예 어디냐
메마른 대처 후여 떠나가자
밭 갈아엎어 콩 심고, 텃논에 물 대어 벼 심고
외양간 쓸어 누렁소 매고 배불리 먹여 잠재우고
조상 제사나 잘 모실란다

에, 해 떨어진다 돌아가자 허물어진 장독대에 족제비 노닌다
에요 데요, 턱없이 늙어버린 당집 할매 죽기 전, 에요 가자
적수공권 떠돌던 몸 처자가솔도 흩어져
회오리풍 동풍에 천둥 번개 요란하니
예 어디냐, 예 어디냐
남의 땅 대처 후여, 후여 떠나가자
흩어진 식구들 모여서 두레상 한 마루 밥 먹고
동네 품앗이 나락 거둬 농주 담궈 나눠 먹고
두레나 한번 잘 놀아볼란다

에, 해 떨어진다 돌아가자 메워 버린 우물가엔 흰 김이 오른다
에요 데요, 서낭당 돌무데기 와르르 무너지기 전, 에요 가자

뚫으셔, 뚫으셔, 샘구멍 뚫으셔
메워 버린 우물가에 흰 김이 오르니
길조가 아니고는 딴 뜻이 없겠네
송아지, 송아지, 누렁 송아지
얼룩소가 아니고 누렁 송아지

아가야, 가자

아가야, 걸어라 두 발로 서서 아장아장
할매 손도 어매 손도 놓고 가슴 펴고 걸어라
흰 고무신, 아니 꽃신 신고 저 넓은 땅이 네 땅이다
삼천리 강산 거칠 데 없이 아가야, 걸어라

아가야, 걸어라 두 다리에 힘주고 겅중겅중
옆으로 뒤로 두리번거리지 말고 앞을 보고 걸어라
한 발자국, 그래 두 발자국 저 앞길이 환하잖니
가슴에 닿는 바람을 이겨야지 아가야, 걸어라

아가야, 걸어라 어깨도 펴고 성큼성큼
송아지, 송아지, 누렁 송아지 동무하여 걸어라
봄 햇살에 온누리로 북소리처럼 뛰는 맥박
삼천리라더냐 그뿐이라더냐 아가야, 가자

어허, 배달나라 광영이여

옛날, 옛날, 그 춥고 어둔 땅에 어느 하루 북소리처럼 하늘이 열리고
열린 하늘 아래, 눈부신 그 햇살이 천지 사방에, 온갖 사물에
이름과 뜻을 지어주던 어느 날
천리 벌판을 바라보며 누운 산 그 신비의 등성이 이슬을 헤치며
묵직한 발자국들을 거기 찍으며 홀연히 나타나 외치는 사람들
여기여, 여기, 여기여, 여기 그분이 말씀하신 곳이네
가서 나라를 세우라, 가서 나라를 세우라 그이가 지켜 주실 곳이네
어, 불함에 봄이 오니 그 꽃이 만홍滿紅이라
어허, 배달倍達나라 광영光榮이여
어화둥, 어화둥 이 기름진 땅은 우리 살같이
어화둥, 어화둥 저 강물일랑 우리 피같이
금수 초목의 섭리도 햇살같이 귀해라 땅 일구고 씨앗 뿌려라

그이들은 그분의 모든 뜻대로 또한, 그들 자신과 그 무리의 뜻대로
맷돌처럼 짝짓고 칡넝쿨처럼 뻗어나가
거친 역사를 다듬기 시작했네
이웃은 벗이요, 또한 무서운 적이라
때론 전투와 화친의 맹세도 했네
변방 마을 아이들 맑게 웃는 시절도,
서울 궁성 하늘 불타는 밤도 있었네
싸워라, 싸워, 싸워라, 싸워 그분이 말씀하신 뜻이네

가서 나라를 지켜라, 가서 나라를 지켜라 그이가 함께하는 땅이네
어, 불함에 봄이 오니 그 꽃이 만홍이라
어허, 배달나라 광영이여
어화둥, 어화둥 이 기름진 땅은 우리 살같이
어화둥, 어화둥 저 강물일랑 우리 피같이
새벽 이슬로 내리는 평화로운 승리여, 뜻 세우고 강토 지켜라

매무새 곱고 총명한 아낙네들 꽃처럼 티 없는 자손을 낳고
당당하고 생각 깊은 사내들
그 지혜와 부지런함으로 그들을 가르쳤네
그러나 세월 속에 기상은 죽고 예속과 분단의 아픔도 맛보았네
땅은 갈리고 형제는 헤어져 고통과 슬픔으로 들은 목소리 있네
떨쳐라, 떨쳐 모든 굴레를 떨쳐 버려라 그분이 말씀하신 뜻이네
이제 너희를 찾아라, 다시 자신을 찾아라 그이가 기다리는 때이네
어, 불함에 봄이 오니 그 꽃이 만홍이라
어허, 배달나라 광영이여
어화둥, 어화둥 이 기름진 땅은 우리 살같이
어화둥, 어화둥 저 강물일랑 우리 피같이
꿇린 무릎을 세우고 다시 서는 형제여 여기는 우리 아버지의 땅
아버지의 땅, 아버지의 땅,
여기는 우리 아버지의 땅!!

「아가야, 가자」와 함께 내 민족주의 흔적의 거의 마지막 부분에 해당하는 노래일 것이다. 이른바 순수 민족주의에서 반외세, 반제국주의 쪽으로 넘어가는 과정이었다. 보수 인문학적 민족주의에서 사회과학적 민족주의랄까… 우린 당시 풍부한 이념의 스펙트럼을 맞이하고 있었다. 자본주의 비판에서부터 북한의 소설 리얼리즘 문학의 해금 조치까지… 나아가 자본론까지… 선택은 각자 타고난 성향과 그 성향에서의 정의관과 용기가 해줄 터였다.

우리들 세상

이제 집 사기는 다 틀렸네
예라, 더런 놈의 세상, 미친놈의 세상
승질 나서 뒈지겠네

맑은 하늘의 햇살이 남한이나 북한이나
선진국이나 후진국이나, 제일 세계나, 제삼 세계나
아니, 서울의 변두리 셋방살이 내 집에도
차별 없이 평등히 따숩게 내리쪼일 때
일층의 젊으신 싸모님 햇살이 따가워
넓은 마루 유리문에 그물 같은 커튼을 치고
발톱에, 발톱에 매니큐어, 매니큐어
빨갱이보다 새빨간 매니큐어를 바를 때
지하실에 우리 집 애들
책가방만 한 창가로 흘러드는 찌그러진 한 조각의 햇살
장난감처럼 만지작거리며 놀다
그 창에 대고 조용히 묻네
"우리는 왜 이렇게 살아야 하나요?"

이제 잘살기는 다 틀렸네
예라, 있는 놈의 세상, 가진 놈의 세상

열 받쳐서 미치겠네, 하체 힘도 쭉 빠지네

맑은 하늘의 햇살이 남한이나 북한이나
선진국이나 후진국이나, 제일 세계나, 제삼 세계나
아니, 서울의 변두리 비닐하우스 동네에도
차별 없이 평등히 따숩게 내리쪼일 때
썩어가는 나라 자본의, 독점의 발톱이
한 필지, 두 필지 숨차게 줄을 그어댈 적에
촌놈들 살겠다고 떠나온들 무엇하나
파출부에 날품팔이, 쌩몸 팔아 연명할 적에
못난 부모들 막일 나가고
버려진 애들 아무거나 줏어 먹고, 아무 데나 묽은 똥질을 할 적에
깡패들이 들이닥쳐 그 집을 부술 제
그 아이들이 조용히 묻네
"우리들 세상은 이제 망한 건가요?"

아니, 이제 바로 시작이다
저 망치, 몽둥이를 뺏어라, 이제 너희들의 것이다
이 더런 집들을 때려 부수자, 부숴, 부숴!!

"이젠 또 무엇을 부술까요?"

여기 패배와 순종, 체념과 그 비굴

네 애비의 의식에 내리쳐라

이 죽은 의식에 내리쳐라, 쳐라, 쳐라 !!

이제 바로 시작이다

이제 바로 시작이다

우리 세상, 우리 세상,

우리 세상 !!

1989. 5.

서울로부터 쫓겨나는 빈민, 철거민들의 이야기를 다룬 작품이다.

당시에 시민들은 고통스러웠고 화가 나있었다. 나 역시도 화가 많이 나있었다. 이 '더러운 놈의 세상…' 그걸 뒤엎을 분노가 있지 않고서야 객관화된 남의 이야기로만 이런 가사를 쓸 수는 없었을 것이다. 사적 분노들이 공유되면서 하나의 대오가 형성되고 그것이 시대의 슬로건이 되는 것이다. 그런 분노 없이 어찌 품위 있고 심약한 이상주의를 뛰어 넘는 당위의 변혁을 꿈꿀 수 있었겠는가.

황토강黃土江으로

저 도랑을 타고 넘치는 황토물을 보라
쿨렁쿨렁 웅성거리며 쏟아져 내려간다
물도랑이 좁다, 여울목이 좁다
강으로, 강으로 밀고 밀려간다
막아서는 가시덤불, 가로막는 돌무데기
예라, 이 물줄기를 당할까 보냐
차고, 차고 넘쳐 간다
어여 가자, 어여 가, 굽이굽이 모였으니
큰 골짜기, 마른 골짜기 소리 지르며 넘쳐 가자
어여 가자, 어여 가, 성난 몸짓 함성으로
여기저기 썩은 웅덩이 쓸어버리며 넘쳐 가자
가자, 어서 가자, 큰 강에도 비가 온다
가자, 넘쳐 가자, 황토강으로 어서 가자
가자, 어서 가자
가자, 넘쳐 가자

어여 가자, 어여 가, 쿠르릉 쾅쾅 산도 깬다
옛다, 번쩍 천둥 번개에 먹장구름도 찢어진다
어여 가자, 어여 가, 산 넘으니 강이로다
강바닥을 긁어버리고 강둑 출렁 넘실대며

가자, 어서 가자, 옛 쌓은 뚝방이 무너진다

가자, 넘쳐 가자, 황토강으로 어서 가자

가자, 어서 가자

가자, 넘쳐 가자

1989. 7.

note

1989년 7월 거창 농민회에서 주최하는 집회에 갔다 와서 지은 노래이다.

행사 끝난 다음 날 아침, 우리 부부의 오랜 친구 한대수의 안내로 어느 계곡의 식당엘 갔고, 거기 쏟아져 내려오는 물줄기를 보며 아침 닭죽을 먹었다. 올라오는 고속도로, 금강을 지나면서는 그 강을 가득 채우고 흘러가는 황토 강물을 보았다.

나는 서울에 살면서 장마철에 가끔씩 한강에 나가는 때가 있었다. 넘실거리는 강물을 보기 위해서다. 머무른 듯 고요히 흘러가는 맑은 강도 매력적이지만 먼 계곡과 샛강들의 온갖 쓰레기까지 떠밀고 내려오는 장쾌한 물줄기는 가슴을 설레게 한다.

형제에게

갇힌 자 더욱 자유로운 땅
이 땅에 흐느끼는 소리여
높은 담벽 아래 시들은 풀잎
저보다 더욱 초라한 역사여
깨인 자들에게 쏟아지는 시련
달빛 속으로 쫓기는 양심들
주검 없이 죽어간 청춘의 꽃들
다시 활짝 피일 참 세상은 어디
아, 묶여서도 통일이라네
다시 만나야 할 형제 있으니
아, 갇혀서도 해방이라네
조국의 역사로 살아 숨 쉬니

1989. 11.

• 양심수 석방을 위한 행사에 쓰려고 만든 곡이다. 이 시기의 작품 중 비교적 평이
한 가요 형식의 곡이라 할 수 있다.

일어나라, 열사여
　—이철규 열사 조가

더 이상 죽이지 마라

너희 칼 쥐고 총 가진 자들

싸늘한 주검 위에 찍힌 독재의 흔적이

검붉은 피로, 썩은 살로 외치는구나

더 이상 욕되이 마라

너희 멸사봉공 외치는 자들

압제의 칼바람이 거짓 역사 되어 흘러도

갈대처럼 일어서며 외치는구나

여기 하나이 죽어 눈을 감으나

남은 이들 모두 부릅뜬 눈으로 살아

참 민주, 참 역사 향해 저 길

그 주검을 메고 함께 가는구나

더 이상 죽이지 마라

너희도 모두 죽으리라

저기 저 민중 속으로 달려 나아오며 외치는

앳된 목소리들 그이 불러 깨우는구나

일어나라, 열사여, 깨어나라, 투사여

일어나라, 열사여, 깨어나라, 투사여

더 이상 죽이지 마라

더 이상 죽이지 마라
더 이상 죽이지 마라

바람이 분다, 저길 보아라, 흐느끼는 사람들의 어깨 위
광풍이 분다, 저길 보아라, 죽은 자의 혼백으로 살아 온다
반역의 발굽 아래 쓰러졌던 풀들을
우리네 땅 가득하게 일으켜 세우는구나
바람이 분다, 욕된 역사 위 해방의 깃발 되어 저기 오는구나

자, 부릅떠야 하네, 우리들 잔악한 압제의 눈빛을 향해
자, 일어서야 하네, 우리들 패배의 언 땅을 딛고
죽어간 이들 새 역사로 살아날 승리 부활의 상여를 메고
자, 나아가야 하네, 우리들 통일 해방 세상 찾아서

1989. 11.

• 고 이철규 열사의 충격적인 의문사 사건을 보며 장례식에서 부르기 위해 만든 노래다. 그때 광주에서 만난 수천의 추모 행렬과 그 비장한 장례는 선연한 흰 두루마기들의 펄럭임으로 내게 깊이 각인되어 있다.

검열 철폐, 나의 투쟁

새 노래들은 또 순식간에 나왔다. 앨범 가사지를 공장에 입고하러 자가용 자동차(!)를 운전하고 가면서 「일어나라, 열사여」 테마를 잡기도 했다. 그렇게 새 앨범에 들어갈 곡들을 준비했다. 그러나 '검열'이 문제였다. 심의필 번호를 받지 않고 음반을 내는 일, 그렇게 법을 위반하면 2년 이하의 징역이나 300만 원 이하의 벌금형이었다.

새 음반을 위한 작품들을 사전 심의에 제출했고 거의 모든 곡들이 반려되었다. 반려 처분은 예상한 일이었다. 불법 출반을 계획했다. 이건 어쩔 수 없는 '나의 투쟁'이어야 한다고 생각했다.

힘들게 녹음해서 카세트를 제작하고 기자회견을 열었다. 검열의 부당성을 알리고 그 검열의 거부와 비합법 앨범 『아, 대한민국…』의 출시를 선언했다. 1991년 5월 7일 흥사단 기자회견에 정보기관이나 경찰들이 와서 자기소개도 하고 자료들도 가져갔지만 사법 당국은 모르는 척했고 카세트는 운동권 유통망과 나의 공연장 '사인 판매' 등을 통해 전국으로 퍼져 나갔다.

나는 가장 래디컬한 '운동권 가수'가 되었다. 그 순박한 시골 출신의 서정 가수가 말이다.

하여, 거기 거부감을 보이는 적지 않은 사람들과의 논쟁이나 결별을 달게 감당하면서 그 '거북한' 노래들을 '열창'하고 다녔다.

대학교 대동제나 모든 초청 공연장들에서 플랑카드를 걸고 불법 카세트 사인 판매를 했다. 사인 판매대 앞에는 늘 긴 줄이 섰고, 카세트가 동이 나면 또 만들어서 팔고, 큰 노조나 전교조 같은 전국 조직에선 도매로 떼어가고…

그러나, 검열은 그렇게 쉽게 사라지지 않았다.

아, 대한민국…

우린 여기 함께 살고 있지 않나 사랑과 순결이 넘쳐흐르는 이 땅
새악시 하나 얻지 못해 농약을 마시는 참담한 농촌의 총각들은 말고
특급 호텔 로비에 득시글거리는 매춘 관광의 호사한 창녀들과 함께
우린 모두 행복하게 살고 있지 않나
우린 모두 행복하게 살고 있지 않나
아, 우리의 땅아, 우리의 나라…

우린 여기 함께 살고 있지 않나 기름진 음식과 술이 넘치는 이 땅
최저임금도 받지 못해 싸우다가 쫓겨난 힘없는 공순이들은 말고
하룻밤 향락의 화대로 일천만 원씩이나 뿌려대는
저 재벌의 아들과 함께
우린 모두 풍요롭게 살고 있지 않나
우린 모두 만족하게 살고 있지 않나
아, 대한민국 아, 우리의 공화국…

우린 여기 함께 살고 있지 않나 저들의 염려와 살뜰한 보살핌 아래
벌건 대낮에도 강도들에게 잔인하게 유린당하는
정숙한 여자들은 말고
닭장차에 방패와 쇠몽둥이를 싣고 신출귀몰하는
우리의 백골단과 함께
우린 모두 안전하게 살고 있지 않나

우린 모두 평화롭게 살고 있지 않나
아, 우리의 땅 아, 우리의 나라…

우린 여기 함께 살고 있지 않나 양심과 정의가 넘쳐흐르는 이 땅
식민 독재와 맞서 싸우다 감옥에 갔거나
어디론가 사라져간 사람들은 말고
하루 아침에 위대한 배신의 칼을 휘두르는 저 민주 인사와 함께
우린 너무 착하게 살고 있지 않나
우린 바보같이 살고 있지 않나
아, 대한민국 아, 우리의 공화국…

우린 여기 함께 살고 있지 않나
거짓 민주 자유의 구호가 넘쳐흐르는 이 땅
고단한 민중의 역사 허리 잘려 찢겨진 상처로 아직도 우는데
군림하는 자들의 배부른 노래와 피의 채찍 아래 마른 무릎을 꺾고
우린 너무도 질기게 참고 살아왔지
우린 너무 오래 참고 살아왔어
아, 대한민국 아, 저들의 공화국…
아, 대한민국 아, 대한민국…

1990. 4.

불법 음반 『아, 대한민국…』의 타이틀곡이다. 90년 중후반기 집회 현장에서 가장 많이 부른 노래이기도 하다.

최근에 딸이, 내 노래 몇몇 곡에 여성 혐오의 혐의가 있는 표현들이 있다는 것을 지적했다. 딸과 손녀, 아내 세 여자와 사는 남자로서 비로소 페미니즘에 깜짝 놀라며 눈 뜬 바 있는 내게 그의 경고는 전혀 논쟁거리가 아니었다. 그래서 유튜브에 올렸던 「아, 대한민국…」과 「우리들 세상」의 음원을 삭제했다.

여기에서는 자료로서 남겨 둔다.

우리들의 죽음

"맞벌이 영세 서민 부부가 방문을 잠그고 일을 나간 사이 지하 셋방에서 불이 나 방 안에서 놀던 어린 자녀들이 밖으로 빠져나오지 못하고 질식해 숨졌다. 불이 났을 때 아버지 권 씨는 경기도 부천의 직장으로, 어머니 이 씨는 합정동으로 파출부 일을 나가 있었으며, 아이들이 방 밖으로 나가지 못하도록 방문을 밖에서 자물쇠로 잠그고, 바깥 현관문도 잠가둔 상태였다.

연락을 받은 이 씨가 달려와 문을 열었을 때, 다섯 살 혜영 양은 방바닥에 엎드린 채, 세 살 영철 군은 옷 더미 속에 코를 묻은 채 숨져 있었다.

두 어린이가 숨진 방은 3평 크기로 바닥에 흩어진 옷가지와 비키니 옷장 등 가구류가 타다 만 성냥과 함께 불에 그을려 있었다. 이들 부부는 충남 계룡면 금대 2리에서 논 900평에 농사를 짓다가 가난에 못 이겨 지난 88년 서울로 올라왔으며, 지난해 10월 현재의 지하 방을 전세 4백만 원에 얻어 살아왔다.

어머니 이 씨는 경찰에서 '평소 파출부로 나가면서 부엌에는 부엌칼과 연탄불이 있어 위험스럽고, 밖으로 나가면 길을 잃거나 유괴라도 당할 것 같아 방문을 채울 수 밖에 없었다'면서 눈물을 흘렸다.

평소 이 씨는 아이들이 먹을 점심상과 요강을 준비해 놓고 나가 일해 왔다고 말했다. 이들이 사는 주택에는 모두 6개의 지하 방이 있으며, 각각 독립 구조로 돼 있다."[1]

189

젊은 아버지는 새벽에 일 나가고 어머니도 돈 벌러 파출부 나가고
지하실 단칸방엔 어린 우리 둘이서
아침 햇살 드는 높은 창문 아래 앉아
방문은 밖으로 자물쇠 잠겨있고, 윗목에는 싸늘한 밥상과 요강이
엄마 아빠가 돌아올 밤까지 우린 심심해도 할 게 없었네
낮엔 테레비도 안 하고 우린 켤 줄도 몰라
밤에 보는 테레비도 남의 나라 세상
엄마 아빠는 한 번도 안 나와 우리 집도, 우리 동네도 안 나와
조그만 창문의 햇볕도 스러지고 우린 종일 누워 천장만 바라보다
잠이 들다 깨다 꿈인지도 모르게 또 성냥불 장난을 했었어

배가 고프기도 전에 밥은 다 먹어치우고
오줌이 안 마려운데도 요강으로
우린 그런 것밖엔 또 할 게 없었네, 동생은 아직 말을 잘 못하니까
후미진 계단엔 누구 하나 찾아오지 않고 도둑이라도 강도라도 말야
옆방에는 누가 사는지도 몰라 어쩌면 거긴 낭떠러지인지도 몰라
성냥불은 그만 내 옷에 옮겨붙고, 내 눈썹, 내 머리카락도 태우고
여기저기 옮겨붙고 훨, 훨 타올라 우리 놀란 가슴, 두 눈에도 훨, 훨

"엄마, 아빠, 우리가 그렇게 놀랐을 때

엄마 아빠가 우리와 함께 거기 있었다면…"

방문은 꼭꼭 잠겨서 안 열리고 하얀 연기는 방 안에 꽉 차고
우린 서로 부둥켜안고 눈물만 흘렸어,
엄마, 아빠… 엄마, 아빠…

"우린 그렇게 죽었어
그때, 엄마 아빠가 거기 함께 있었다면…
아니, 엄마만이라도 함께만 있었다면…
아니, 우리가 방 안의 연기와 불길 속에서 부둥켜안고 떨기 전에
엄마 아빠가 보고 싶어 방문을 세차게 두드리기 전에
손톱에서 피가 나게 방바닥을 긁어대기 전에
그러다가 동생이 먼저 숨이 막혀 어푸러지기 전에
그때, 엄마 아빠가 거기 함께만 있었다면…
아니야, 우리가 어느 날 도망치듯 빠져나온 시골의 고향 마을에서도
우리 네 식구 단란하게 살아갈 수만 있었다면…
아니, 여기가 우리처럼 가난한 사람들에게도 축복을 내리는
그런 나라였다면…
아니, 여기가 엄마 아빠도 주인인 그런 세상이었다면…
엄마, 아빠! 너무 슬퍼하지 마

이건 엄마 아빠의 잘못이 아냐, 엄마 아빠의 잘못이 아냐

여기, 불에 그을린 옷자락의 작은 몸뚱이, 몸뚱이를 두고 떠나지만

엄마, 아빠… 우린 이제 천사가 되어 하늘 나라로 가는 거야

그런데, 그 천사들은 이렇게 슬픈 세상에는 다시 내려올 수가 없어

언젠가 우린 다시 하늘 나라에서 만나겠지

엄마, 아빠…

우리가 이 세상에서 배운 가장 예쁜 말로 마지막 인사를 해야겠어

엄마, 아빠… 엄마, 아빠…

이제, 안녕… 안녕…"

1990. 3.

1. 인용된 부분은 당시 《한겨레신문》의 관련 기사 전문이다.

note

이 곡에 대해 당시 공연윤리위원회는 '어떤 가정의 부주의가 우선된 불행한 사례를 굳이 이념적 사회문제로 결부한 것은 대중가요로서 부적당하다'는 이유로 전면 개작 지시를 내렸다. 당연하다고 생각했다. 이건 대중가요가 아니니까.

사실, 가까운 주위에서도 이견이 있었다. 비통한 현실을 이렇게 리얼하게 드러내는 것이 부모에게 더 아픈 일이 되지 않겠느냐고. 하지만, 이런 죽음은 그 가족만의 문제가 아니며 사회 전체가 그 고통을 나누어야 한다고 생각했다. 나는 실제의 현장, 그 불길 속으로 들어가 노래를 만들어야 한다고 생각했다. 고통스럽지만 그것이 또 그 가련한 죽음들과 함께하는 일이라고.

녹음에서 신문 기사 전문을 그대로 녹음했다. 작곡이라기보다는 기록이었다. 또, 후반 낭송을 만들었다. 나와 우리들의 분노를 담아서.

떠나는 자들의 서울

가는구나 이렇게, 오늘 또 떠나는구나
찌든 살림 설운 보퉁이만 싸안고 변두리마저 떠나는구나
가면 다시는 못 돌아오지, 저들을 버리는 배반의 도시
주눅 든 어린애들마저 용달차에 싣고 눈물 삼키며 떠나는구나
아, 여긴 누구의 도시인가, 동포 형제 울며 떠나가는 땅
환락과 무관심에 취해 버린 우리들의 땅, 비틀거리며, 구역질하며…
가는구나, 모두 지친 몸으로 노동도 버리고 가는구나
어디 간들 저들 반겨 맞아줄 땅 있겠는가 허나 가자, 떠나는구나

가면 다시는 못 돌아오지 저들을 버리는 독점의 도시
울부짖는 이들을 내리치는 저 몽둥이들의 민주주의,
절뚝거리며 떠나는구나
아, 여긴 누구의 도시인가, 동포 형제 울며 쓰러지는 땅
분노와 경멸로 부릅뜨는 우리들의 땅, 부글거리며, 끓어오르며…
가는구나, 하늘 맑은 곳으로, 이제 주소 없이 떠돌지라도
사람의 땅에서 쫓겨 그 땅에 눈물 뿌리며 저들 식구가 떠나는구나
사람의 땅에서 쫓겨 그 땅에 눈물 뿌리며 오늘 또 떠나는구나

1990. 6.

194

그대, 행복한가

그대, 행복한가
스포츠신문의 뉴스를 보며 시국을 논하시는 그대, 그대
그래, 거기에도 어린이 유괴 살해 기사는 있지, 있어
그대, 행복한가
보수 일간지 사설을 보며 정치적으로 고무받으시는 그대, 그대
그래, 거기에도 점심 굶는 어린애들 얘기는 있지, 있어
그대, 알고 있나, 정말 알고 있나
우리 중 누가 그 애들을 굶기고 죽이는지
정말 알고 있나, 알고 있나

그대, 행복한가
시장 개방, 자유 경제, 수입 식품에 입맛 돋으시는 그대, 그대
그래, 거기에도 칼로리와 땀 냄새는 있지, 있어
그대, 행복한가
주한 미군 기동 훈련과 핵무기에 고무받으시는 그대, 그대
그래, 거기에도 평화와 인도주의의 구호는 있지, 있구 말구
그대, 알고 있나, 정말 알고 있나
우리 중 누가 그것들의 희생양이며 표적인지
정말 알고 있나, 알고 있나

그대, 행복한가
거듭나는 공화국마다 그 새 깃발을 좇아 행진하시는 그대, 그대
그래, 거기에도 민족과 역사의 거창한 개념은 있지, 있어
그대, 행복한가
막강한 공권력과 군사력에 고무받으시는 그대, 그대
그래, 거기에도 보호하고 지키려는 그 무엇은 있지, 그 무엇이
그대, 알고 있나, 정말 알고 있나
우리 중 누가 그것들의 대상이며 주인인지
정말 알고 있나, 알고 있나

그대, 알고 있나
끊임없이 묶여 끌려가는 사람들을 매도하시는 그대, 그대
그래, 거기 그들을 가두는 법전과 감옥이 있지, 법전과 감옥
그대, 알고 있나
노동하는 부모 밑에 노동자로 또 태어나는 저 아이들, 아이들
그래, 저들은 결국 다른 무엇이 될 수 없다는 것을, 없다는 것을
그러나, 그대 알고 있나, 정말 알고 있나
그들의 숫자가 점점 더 많아지고 있다는 것을

그대, 알고 있나, 정말 알고 있나

그들의 목소리가 점점 더 커지고 있다는 것을

그대, 알고 있나, 정말 알고 있나

그들의 분노가 점점 더 커지고 있다는 것을

1990. 7.

가을은 어디

무덥던 여름 지나면 온댔지 깊은 하늘과 상쾌한 바람으로
모든 산등성이 곱게 물들이고 기어코 온댔지 좋은 가을
그러나, 푸른 하늘은 어디, 맑은 햇볕 뭉게구름은 어디
우리 학교 창문 열고 공부할 수 있는 좋은 바람, 가을은 어디

학교 마당엔 나뭇잎 떨어지고 검푸른 잎새 그대로 떨어지고
콜록거리는 애들의 도화지엔 연기에 떨어지는 비행기
아, 푸른 하늘은 어디, 맑은 햇볕 새털구름은 어디
우리 엄마 어지러움 병 낫게 해줄 좋은 가을, 가을은 어디

공장 도시엔 언제나 연기만이, 엄마 시장엔 날리는 잿가루
어떤 애들은 벌써 이사 가고, 다시 돌아오는 친구는 없지
아, 푸른 하늘은 어디, 붉은 노을 양떼구름은 어디
먼지 없이 맛있는 떡볶이 먹을 수 있는 그 가을, 가을은 어디
어디…

1990.11.

• 한 지방 MBC TV의 환경 관련 특집 프로그램 주제곡으로 의뢰받아 쓴 곡이다.

비둘기의 꿈

올봄 전주에서 우리에게로 소포 하나가 전해졌습니다
그 속에는 사랑했던 아들을 잃은
비통한 한 아버지의 가슴 아픈 편지와
열아홉 나이에 스스로 목숨을 끊어야 했던
그의 아들 장하다 군의 유고 시집이 들어있었습니다
자신의 적성에 맞는 참된 삶을 원했던 아이
계절의 변화를 느낄 수 있는 자유를 원했던 아이
사랑과 우정, 그리고
꿈꿀 수 있는 아름다운 세상을 원했던 아이…

너무나 맑고 고운 심성을 가진 우리의 아이들이
이 땅의 잘못된 현실, 잘못된 교육의 숨 막히는 강요 속에서
얼마나 절망하며 고통스러워 했는지…
그래서, 결국엔 스스로의 목숨을 던져
절규의 종을 울리는 한 마리의 새처럼
이 땅, 모든 아이들의 고통을 알리고자
그는 그의 너무나 짧은 생을 마감하며
살아서 그가 참으로 사랑했던 사람들에게 전하는
그의 슬픈 시들을 남기고
여기 우리들로부터 떠나갔습니다

해마다 이렇게 떠나가는 200여 명의 다른 아이들과 함께

그의 노래가 여기 있습니다
긴급 동의를 구하는 그들의 노래가 있습니다

〈노래〉
봄 햇살 드는 창밖으로 뛰어나갈 수 없네
모란이 피는 이 계절에도 우린 흐느껴
저 교회 지붕 위에 졸고 있는 비둘기
어서 날아가라, 계속 날아가라, 총질을 해대고
그 총에 맞아, 혹은 지쳐 떨어지는 비둘기들
오, 그래, 우린 지쳤지
좋은 밤에도 우린 무서운 고독과 싸워
기나긴 어둠 홀로 고통의 눈물만 삼켰네

아, 삶의 향기 가득한 우리의 꿈 있었지
노래를 듣고, 시도 읽고, 사랑도 하고
저 높은 산을 넘어 거치른 들판 내닫는 꿈
오, 제발, 우릴 도와 줘
내가 사랑한 것들 참 자유, 행복한 어린 시절들

알 수 없는 건 참 힘든 이 세상의 나날들

안녕, 모두 안녕, 여기 나의 노래들을 당신에게 전할 수 있다면
안녕, 모두 안녕, 열아홉 내가 사랑했던 사람들
안녕, 부디 나의 노래 잊지 말아 줘

1992. 4. 장하다 글

• 1991년 비인간적, 살인적인 교육 상황 아래서 그 여린 심성으로는 그 상황을 도
저히 견뎌낼 수 없었던 전북의 한 고등학생이 비통하게도 스스로 목숨을 끊었다. 그
의 아버지가 그의 유고 시집 『꿈꿀 수 없는 세상이 싫어요』를 내게 보내주었고 부분
적으로 발췌하여 가사화했다.

사람들

문승현이는 쏘련으로 가고
거리엔 황사만이
그가 떠난 서울 하늘 가득 뿌옇게, 뿌옇게
아, 흙바람…

내 책상머리 스피커 위엔
고아 하나가 울고 있고
그의 머리 위론 구름 조각만 파랗게, 파랗게
그 앞에 촛대 하나

김용태 씨는 처가엘 가고
백 선생은 궁금해하시고
개 한 마리 잡아 부른다더니 소식 없네, 허 참…
사실은 제주도 강요배 전시회엘 갔다는데

인사동 찻집 귀천에는
주인 천상병 씨가 나와 있고
나 먼저 왔다, 나 먼저 왔다, 나 먼저 커피 줘라
저 손님보다 내가 먼저 왔다
나 먼저 줘라, 나 먼저 줘라

백태웅이도 잡혀 가고
아, 박노해, 김진주
철창 속의 사람들
철창 밖의 사람들…

작년에, 만삼천 명이 교통사고로 죽고
이천 이삼백 명의 노동자가 산업재해로 죽고
천이백여 명의 농민이 농약 뿌리다 죽고
또 몇 백 명의 당신네 아이들이 공부, 공부에 치어
스스로 목숨을 끊고,
죽고, 죽고, 죽고… 지금도 계속 죽어가고…

압구정동에는 화사한 꽃이 피고
저 죽은 이들의 얼굴로 꽃이 피고
그 꽃을 따먹는 사람들, 입술 붉은 사람들
아, 사람들…

노찾사 노래 공연장엔
좌익의 노래가 불려지고
비좁은 객석에 꽉 찬 관객들 너무나도 심각하고

박수 소리도 참 조심스럽더군

문승현이는 쏘련에 도착하고
문대현이는 퇴근하고
미국의 폭동도 잦아들고
잠실 야구장도 쾌청하고
프로야구를 보는 사람들, 테레비를 보는 사람들
사람들… 사람들…

1992. 5.

note

어디선가, '한참 노래가 잘 안 만들어질 때, 슬럼프를 뚫고 나가면서 만든 노래'라고 설명했던가 보다. 확고한 주장이나 의견을 표명하는 게 아니라 편하게 만들어보자는 생각을 했나 보다. 마치 나 혼자 보는 나의 일기를 쓰는 것처럼…

문승현은 나보다 두세 살쯤 아래 나이로 작곡가 겸 문예운동 이론가이다. 그가 만든 「오월의 노래」("봄볕 내리는 날 뜨거운 바람 부는 날…")는 내가 무척 좋아하는 노래이다. 당시 소련이 해체되기 전 그는 음악 공부를 더 한다고 그곳으로 날아갔다.

문대현은 문승현의 동생이다. 「광야에서」 등을 작사, 작곡하기도 했고, 한때 '노찾사'의 기타 반주자 겸 음악감독이기도 했고, 스스로의 노래도 음반으로 발표했던 가수이기도 하다.

김용태 씨는 당시 사단법인 한국민족예술인총연합(민예총) 사무총장이었다. 본래는 그림쟁이이신데, 예술운동이 민민운동과 결합하여 조직적으로 전개되기 시작한 이후로 작품을 전혀 내놓지 못하고 있었다. 술 좋아하고, 욕 잘하고, 자상한 사내 용태 형… 명복을 빈다.

백 선생은 백기완 선생이시다.

강요배 씨. 91년 강경대 정국에 연세대에 있었던, 그 정신 없던 대책위에서 다른 화가들과 걸개그림 등을 열심히 그리는 걸 보았었다. 그 이후, 메시지보다도 더욱 강렬한 그만의 투명한 색조, 화폭 안에 가득한 그 스산한 공기와 바람… 제주 4·3 항쟁 연작들… 그림이라기보다 노래 같았다.

나는 천상병 시인의 시를 한 번도 읽어본 적이 없었다. 그분의 얼굴부터 보게 되었다. 그 작은 찻집 '귀천'에서 당신이 굳이 먼저 왔다고, 손님들 모두에게 까불지 말라는 듯이 단정적으로, 확신에 찬 어투로 말하는 그 어이없는 장난기가 기분 좋았다. 음반이 나온 뒤 다시 인사차 '귀천'으로 목순옥 여사를 찾아뵈었다. 음반을 드리고 천 선생의 유고 시집을 받아 왔었다.

끝으로, 박노해. 애정의 인사 글 적힌 그의 책을 두어 번 받아보았고 그가 감옥에서 나와서 더러 만나기도 했지만 인연이 이어지지는 못했다.

이 노래가 가녹음된 상태에서 여기 등장하는 모든 분들께 양해를 구하는 절차가 있었다. 그때, 관련된 몇몇 분들의 고사로 이 노래의 몇 절을 지우고 다시 써야 했다. 다시 녹음해야 했다.

하나 더 추가.

두 번째 절 가사는 듣는 이들에게 이해가 힘든 부분인 줄 안다. 설명하자면, 내 책상머리 스피커 위에는 조각가 최병민 선생님의 〈고아〉라는 작품의 철제 미니어처가 올려져 있었다. 그 작품은 신체의 뼈와 골격만 강조된, 한 손으로 눈물을 훔치며 울고 있는 아이의 슬픈 모습인데 그의 머리 위에는 구름 모양이 세 개 올려져 있고 거기에 청동이 녹슨 것 같은 푸른색을 입혀 놓았다. 그리고 발아래로 그의 몸에서 흘러내려온 것 같은 쇳물이 만든 바닥판이 있고 거기에 촛불 꽂이가 꽂혀 있다. 내 손바닥 크기 정도의 이 작품을 벽 가까이에 두고 거기 작은 초를 끼우고 불을 켜면 그 불빛에 〈고아〉의 모습이 커다랗게 벽에 세워진다. 작은 바람기라도 생기면 그 그림자가 촛불과 함께 흔들린다.

당시 내 방 한쪽의 풍경을 그린 가사이다.

나 살던 고향[1]

육만 엥이란다

후꾸오까에서 비행기 타고

전세 버스 부산 거쳐, 순천 거쳐

섬진강 물 맑은 유곡나루

아이스박스 들고 허리 차는 고무장화 신고

은어 잡이 나온 일본 관광객들

삼 박 사 일 풀코스에 육만 엥이란다

초가지붕 위로

피어오르는 아침 햇살

신선하게 터지는 박꽃 넝쿨 바라보며

니빠나 모노 데스네, 니빠나 모노 데스네[2]

개스 불에 은어 소금구이

혓바닥 사리살살 굴리면서

신간선 왕복 기차값이면

조선 관광 다 끝난단다 음, 음

육만 엥이란다

초가지붕 위로

피어오르는 아침 햇살

신선하게 터지는 박꽃 넝쿨 바라보며

니빠나 모노 데스네 니빠나 모노 데스네

낚싯대 접고, 고무장화 벗고

순천의 특급 호텔 싸우나에 몸 풀면

긴 밤 내내 미끈한 풋가시내들

써비스 한번 볼만한데 음, 음

환갑내기 일본 관광객들

칙사 대접받고, 그저 아이스박스 가득가득

등살 푸른 섬진강 그 맑은 몸값이

육만 엥이란다

"나의 살던 고향은 꽃 피는 산골

좆 돼부렀다…"

1992. 6.

1. 곽재구 시집, 『서울 세노야』 중에서 「유곡나루」 전문과 따옴표 부분은 작곡자
   가 가필.
2. 니빠나 모노 데스네 : '훌륭하구만'이라는 뜻의 일본어.

note

한동안 떠들썩했던 시기도 지나고 새 노래를 써야 하는데 그게 잘 안 돼서 애를 먹던 시기가 있었다. 그때쯤 염무웅 선생께 "근래 읽을 만한 시집들 좀 추천해 주십시오" 했더니 대뜸 "곽재구의…" 하셨다. 그래서 처음으로 그의 시들을 보게 됐는데 인간적인 체취 같은 것들이 느껴져서 참 좋았다. 싸움의 한가운데서가 아니라 그 주변 사람들의 숨소리를 전하고 있는 것 같았다. 그렇게 해서 내 노래와 만나게 된 시가 「유곡나루」이다. 이렇게 내가 남의 글을 가사 삼아 쓴 노래는 유일한 것으로 안다.

한 시간이나 걸렸을까? 시 첫 구절에 선율 테마와 리듬을 잡고 전체 구상을 끝낸 것이. 그래, 트로트로 가자. 그리고 중간쯤엔 시나위조로 완전히 반전시키고… 마지막은 '나의 살던 고향은 꽃 피는 산골'을 단조로 넣자. 그래도 미진한데… 그래, "좆 돼부렀다".

곽재구 씨의 양해를 구해서 「나 살던 고향」이라고 제목을 붙였다. 나는 공연장에서 이 노래를 부른 후에 꼭 이 이야기를 하곤 했다.

"이 노래는 곽재구 시인의 시 「유곡나루」 전문입니다. 물론 맨 뒷부분은 제가 추가했구요. 그 시인께서 이 노래를 공연장에서 처음 듣고는 대단히 만족해하더라구요, 특히 맨 뒷부분을요…"

우린 동갑내기였고, 이런 인연으로 친구가 되었다.

L.A. 스케치

해는 기울고, 한낮 더위도 식어
아드모어 공원¹ 주차장 벤치에는 시카노²들이
둘러앉아 카드를 돌리고
그 어느 건물보다도 높은 가로수
빗자루 나무³ 꼭대기 잎사귀에 석양이 걸릴 때
길옆 담벼락 그늘에 기대어 졸던 노랑머리의 실업자들이
구부정하게 일어나 동냥 그릇을 흔들어댄다
커다란 콜라 종이컵 안엔 몇 개의 쿼터, 다임, 닉켈⁴

남쪽 빈민가 흑인 촌 담벼락마다
온통 크고 작은 알파벳 낙서들
아직 따가운 저녁 햇살과 검은 노인들, 고요한 침묵만이
음, 프리웨이 잡초 비탈에도 시원한 물줄기의 스프링클러
물 젖은 엉겅퀴 기다란 줄기 캠리 차창 밖으로 스쳐가고
은밀한 비버리힐스⁵ 오르는 길목
티끌, 먼지 하나 없는 로데오거리⁶
투명한 쇼윈도 안엔 자본보다도 권위적인 아, 첨단의 패션

엘 에이 인터내셔널 에어포트 나오다
원유 퍼 올리는 두레박들을 봤지

붉은 산등성이 여기저기, 이리 끄덕 저리 끄덕

노을빛 함께 퍼 올리는 철골들

어둠 깃들어 텅 빈 다운타운 커다란 박스들과 후진 텐트와 노숙자들

길가 건물 아래 줄줄이 자리 펴고 누워

빌딩 사이 초저녁 별을 기다리고

그림 같은 교외 주택가 언덕 길가 창문마다 아늑한 불빛

인적 없는 초저녁 뽀얀 가로등 너머로 초승달이 먼저 뜬다

마켓 앞에서 식수를 받는 사람들,

리쿼[7]에서 개피 담배를 사는 사람들

버거킹에서 늦은 저녁을 먹는 사람들 아, 아메리카 사람들

캘리포니아의 밤은 깊어가고 불 밝은 이층 한국 기원 코리아 타운

웨스트 에잇스 스트릿트 코메리칸 오피스[8] 주차장 긴 철문이 잠길 때

길 건너 초라한 아파트 어느 골목에서 엘 에이 한밤의 정적을 깬다

"백인들은 도대체 어디 있는 거야,

미국에 와서 백인들을 잘 못 보겠어"

따당, 따당땅, 따당 땅 땅

한국 관광객 질겁에 간 떨어지는 총소리

따당, 따당땅, 따당 땅 땅

1992. 9.

- 이 노래는 미주에 사는 한인 청년들에게 드리는 노래로 만들었다.

1. 아드모어 공원: 미국 L.A. 한인촌 인근의 야구장 겸 공원. 92년 흑인 폭동 직후 미주 이민 사상 최초로 10만여 명의 한인들이 모여 집회를 열었던 곳이며, 그해 8월, 거기서 정태춘 공연을 했다.
2. 시카노: 멕시코 사람들에 대한 미국 사회의 속칭.
3. 빗자루 나무: 잔가지 없는 높다란 줄기 끝에 빗자루처럼 잎사귀가 달린 종려 나무.
4. 쿼터, 다임, 니켈 : 25센트, 10센트, 5센트 짜리의 미국 주화.
5. 비버리힐스: L.A. 근교의 고급 주택가.
6. 로데오거리: 비버리힐스 인근의 고급 패션 거리.
7. 리쿼: 술 등을 취급하는 작은 가게.
8. 웨스트 에잇스 스트릿트 코메리칸 오피스: 서 8가 한인 상가.

92년 장마, 종로에서

모두 우산을 쓰고 횡단보도를 지나는 사람들
탑골공원 담장 기와도 흠씬 젖고
고가 차도에 매달린 신호등 위에 비둘기 한 마리
건너 빌딩의 웬디스 햄버거 간판을 읽고 있지
비는 내리고
장맛비 구름이 서울 하늘 위에,
높은 빌딩 유리창에
신호등에 멈춰 서는 시민들 우산 위에
맑은 날 손수건을 팔던 노점상 좌판 위에
그렇게 서울은 장마권에 들고
다시는,
다시는 종로에서 깃발 군중을 기다리지 마라
기자들을 기다리지 마라
비에 젖은 이 거리 위로 사람들이 그저 흘러간다
흐르는 것이 어디 사람뿐이냐
우리들의 한 시대도 거기 묻혀 흘러간다
워, 워…
저기 우산 속으로 사라져가는구나
입술 굳게 다물고 그렇게 흘러가는구나

비가 개이면,

서쪽 하늘부터 구름이 벗어지고

파란 하늘이 열리면

저 남산타워 쯤에선 뭐든 다 보일 게야

저 구로 공단과 봉천동 북편 산동네 길도

아니, 삼각산과 그 아래, 또 세종로 길도

다시는,

다시는 시청 광장에서 눈물을 흘리지 말자

물대포에 쓰러지지도 말자

절망으로 무너진 가슴들 이제 다시 일어서고 있구나

보라, 저 비둘기들 문득 큰 박수 소리로

후여, 깃을 치며 다시 날아오른다, 하늘 높이

훠이, 훠이… 훠이, 훠이

빨간 신호등에 멈춰 섰는 사람들 이마 위로

무심한 눈길 활짝 열리는 여기 서울 하늘 위로

한 무리 비둘기들 문득 큰 박수 소리로

후여, 깃을 치며 다시 날아오른다, 하늘 높이

훨, 훨, 훨…

1992. 9.

note

돌아가신 문호근(음악연출가) 형과는 민주 진영의 여러 공연들을 함께 만들면서 친해졌었다. 그 다정다감함과 불같은 열정은 다른 이들에게서 쉽게 볼 수 없는 것들이었다. 그 형이 앨범으로 발표된 이 노래를 듣고 다소 아쉬워했었다. 뭔가 부족하다는 것이었다. 그게 정확히 뭔지는 알아차리지 못했지만 나도 아쉬운 건 마찬가지였다. 그래, 편곡.

친한 후배 함춘호의 경쾌한 편곡이 내 감정을 담아내는 데에 부족했던 것이었다. 그걸 미리 생각하고 주문하지 못했다니… 내 책임이었다. 바로 새 버전을 녹음할 수는 없었고 이후의 공연에서 편곡을 바꾸었다. 1절은 낮고 침울하게 그리고 2절은 반전.

그 후로 내 앨범들의 편곡에 내가 더 개입했고 결국은 직접 하게 되었다. 그 새로운 편곡 버전은 10년 가까이 지나서야 『바다로 가는 시내버스』 앨범에 수록됐다.

『92년 장마, 종로에서』 앨범은 불법으로 제작·출시하면서도 LP까지 찍었었다. 결국은 합법화되리라는 확신이 있어서였을까.

그 앨범 재킷 사진을 찍기 위해 종로에 갔고 거기서 다시 남산타워를 바라보았었다.

모두 어디로들 간 거지? 깃발 군중과 기자들과 최루탄 연기와 그 열망의 숨소리들…

내 생애에 다시 한 번 그것들을 만날 수 있을까?

결코 온건할 수 없이 명료한 투쟁들, 왜곡되지도 과장되지도 않은 선과 악, 그 공적 정의의 물결들… 그런데

우리가 이렇게 지다니…

저 들에 불을 놓아

저 들에 불을 놓아 그 연기 들판 가득히
낮은 논둑길 따라 번져가누나
노을도 없이 해는 서편 먼 산 너머로 기울고
흩어진 지푸라기 작은 불꽃들이 매운 연기 속에 가물가물
눈물 자꾸 흘러내리는 저 늙은 농부의 얼굴에
떨며 흔들리는 불꽃들이 춤을 추누나

초겨울 가랑비에 젖은 볏짚 낫으로 그러모아
마른 짚단에 성냥 그어 여기저기 불붙인다
연기만큼이나 안개가 들판 가득히 피어오르고
그중 낮은 논배미 불꽃 당긴 짚더미 낫으로 이리저리 헤집으며
뜨거운 짚단 불로 마지막 담배 붙여 물고
젖은 논바닥 깊이 그 뜨거운 낫을 꽂는다

어두워가는 안개 들판 너머, 자욱한 연기 깔리는 그 너머
열나흘 둥근 달이 불끈 떠오르고 그 달빛이 고향 마을 비출 때
집으로 돌아가는 늙은 농부의 소작 논배미엔
짚더미마다 훨훨 불꽃 높이 솟아오른다
희뿌연 달빛 들판에 불기둥이 되어 춤을 춘다

1992. 11.

대추리 투쟁에도 불구하고 이 들판이 사라졌다. 이 세계에서. 2010년대의 분노가 1992년에도 잠복하고 있었던 건가. 그건 사실 소작농들에 대한 연민의 분노였다. 그런데 그것이 반미나 반정부의 불기둥이 되어 10여 년이 지난 뒤에 다시 내 안에서 타오를 줄은 몰랐었다.

함춘호가 탁월한 편곡과 절정의 연주 감각으로 기타를 넣어주었다. 내 가사의 서사와 리얼리티가 새삼 느껴지자 사람들은 비로소 당신 노래는 '그림을 보는 것 같다'고 말해 주었다. 사실 난 그 이상으로 거기 빠져있었다. 관념적인 단어의 나열이 아닌 현실의 언어로, 얼마나 더 섬세한 디테일로 마음을 흔들 수 있는가… 하면서.

사실 1988년 이후 박은옥 씨는 부를 만한 노래가 없었다. 당시 지은 노래가 모두 격렬한 감정의 노래들이어서 애잔한 바이브레이션의 박은옥 씨의 목소리와 이미지에는 적합한 노래들이 아니었다. 그래서 정태춘의 아내로서가 아니라 가수로서의 박은옥은 더욱 그 변화된 상황에 적응하기 힘들었을 것이다. 박은옥 씨한테 꼭 맞는 좋은 노래를 만들어 주지 못한 것… 그게 항상 미안했다.

그런데 「저 들에 불을 놓아」에서 박은옥의 차분하고 절제된 감정의 섬세한 목소리는 이 앨범의 깊이를 더해 주었다.

온전한 하나를 위한 동지

지친 어깨 빼앗긴 손길로 사람 사는 세상을 향해
하나의 절반 마침내 눈을 떠 이 절뚝거리는 세상을 향해
이제 누구든 먼저 일어나 엎드려 흐느끼는 이웃까지
모두 일으켜 어깨를 걸고 참사람으로 나아가야지
눈물 거둔 희망의 얼굴로 한숨일랑 외침으로
뜨거운 손 맞잡은 우린 함께 가는 동지
떨리는 그 한 목소리로 우린 사람의 딸, 또 그 어머니
온전한 하나, 하나를 위한 평등과 평화의 동지

1992. 12.

정태춘, 박은옥 공동 작사 작곡

• '여성의 전화' 주최, 제2회 세계성폭력추방주간 기념 《여성이여, 벽을 밀자》 공연
에 참여하며 만든 노래이다.

이 어두운 터널을 박차고

우리는 긴긴 철교 위를 달리는
쏜살같은 전철에 지친 몸을 싣고
우리는 그 강물에 빛나던 노을도 진
아, 어두운 한강을 건너
집으로, 집으로 졸며…
우리는 신성한 노동의 오늘 하루
우리들 인생의 소중한 또 하루를
이 강을 건너 다시 지하로 숨어드는 전철에
흔들리며, 그저 내맡긴 몸뚱아리로
또 하루를 지우며 가는가
창백한 불빛 아래 겹겹이 서로 몸 부대끼며
사람의 슬픔이라는 것이 다른 그 무엇이 아니구나
우리가 이렇게 돌아가는 곳도 이 열차의 또 다른 칸은 아닌가
아, 그 눈빛들, 어루만지는 그 손길들

우리는 이 긴긴 터널 길을 실려가는
희망 없는 하나의 짐짝들이어서는 안 되지
우리는 이 평행선 궤도 위를 달려가는
끝끝내 지칠 줄 모르는 열차 그 자체는
결코 아니지, 아니지, 우리는

무거운 눈꺼풀이 잠시 감기고, 깜빡 잠에 얼핏 꿈을 꾸지
열차가 이 어두운 터널을 박차고 찬란한 햇빛 세상으로
거기 사람들 얼굴마다 삶의 기쁨과 긍지가 충만한
살 만한 세상, 그 아름다운 사람들

매일처럼 이 열차를 기다리는 저 모든 사람들
그들 모두 아니, 우리들 모두를 태우고
아무도, 단 한 사람도 내려서는 안 되지
마지막 역과 차량 기지를 지나
열차와 함께 이 어둔 터널을 박차고
나아가야지, 거기까지, 우리는
꿈을 꿔야지, 함께 가야지, 우리는

1993. 4.

민통선의 흰나비

맑은 햇살 푸르른 수풀 돌보지 않는 침묵의 땅
긴긴 철조망 살벌한 총구 저 갈 수 없는 금단의 땅
바람에 눕는 억새 위 팔랑거리는 흰나비
저 수풀 너머 가려네 저 산도 넘어 가려네

기름진 땅, 무성한 잡초 흐드러진 꽃밭에서 쉴래
소나무 그루터기 무너진 참호 녹슨 철모 위에서 쉴래
졸졸 시냇물 건너며 팔랑거리는 흰나비
저 강도 넘어가려네 저 언덕 너머 음,

해 기울어 새들 날고 서편 하늘 노을이 지면
산봉우리 스피커, 초소 위의 망원경 날갯짓도 조심조심
외딴 아기 새 둥지 위 팔랑거리는 흰나비
어두워지기 전 가려네 저 너머로 음,

1995. 8.

수진리의 강

저녁 해는 기울고 뜰엔 빨간 분꽃이 피고
들녘 나간 사람들 노을 지고 돌아올 시간
작은 물굽이 강가에 허리 구부려 몸들을 씻고
빛나는 물결, 그 강둑길 그리움처럼들 돌아올 시간
음, 미풍에도 억새풀은 떨고 풀섶에도 고운 들꽃들은 피어
노랑나비, 흰나비 아직 꽃잎에 날고
이제 그 위에 저녁 노을이 깃들면
저녁 해는 기울고 뜰엔 빨간 분꽃이 피고
들녘 나간 사람들 노을 지고 돌아올 시간

도회지 변두리에도 긴긴 그림자 해 떨어지고
굽이굽이 골목길 일 나간 사람들 돌아올 시간
음, 가파른 언덕길 전신주엔 그 억새 강가의 바람이 불고
거기 강변의 나비 날갯짓으로 파르르
여기 창문마다 하나둘 형광등들을 켜는데
골목길 뿌연 등불 아래로 고단한 사람들 서둘러 지나가고
먼 길 강물 숨죽여 그들 발아래로 흘러만 가고
저녁 해는 기울고 뜰엔 빨간 분꽃이 피고
들녘 나간 사람들 노을 지고 돌아올 시간

note

    '수진리'는 지금의 성남시 수진동이다. 1972년경인가, 당시의 "광주 대단지 주민 폭동" 시기에 그곳에서 아버지가 목재소를 하셨고 나도 거기 얼마간 머물며 목재를 어깨에 메고 배달을 다녔던 일이 있다. 청계천에서 광주군의 후미진 산골짜기로 강제 이주당한 주민들이 경사 심한 산비탈을 깎고 길을 내며 새 삶터를 만들고 있었고 여기저기 산등성이에는 아주 오래된 석관들이 나뒹굴고 있었고 그 폭압적인 박정희 정권 아래에서의 항거 이야기가 있었다.

    고향, 이제 잃어버려 사라진 고향이 아니라 내가 다시 상상으로 만들어낸 고향 마을에 그 수진리를 소환하고 싶었다.

압구정은 어디

동호대교 위론 바다 갈매기가 날고
철로 위론 전철이 지나가고
강물 위로, 고요한 그 수면 위로
유람선이 휘, 지나가고
강변도로 질주하는 자동차들
가파른 강둑 풀을 뽑는 할머니, 할아버지들
압구정은 어디, 압구정은 어디

한명회는 없고, 저기 멀리 서성대는
사람들(강을 건너가고 싶은 사람들)
지난 여름 장마에 흙탕물을 뒤집어쓴
미루나무 한 그루, (거기 사람들)
압구정은 어디, 압구정은 어디,

해가 서강 쪽으로 기울어지면 갈 테야
바람이 강물을 거슬러 오르면, 바람이 불면
황혼에 번쩍거리는 물결 밟고 갈 테야

영세민 취로사업 우북한 풀무더기 남겨 두고
붉은 노을 속으로 그이들이 돌아가면

강은 여전히 흐르고, 낮은 교각에도 저녁 햇살이
도로가엔 포플러 무성하고
압구정은 어디, 그 정자는 어디
저 호사한 거리, 그 불빛들 사이 어디
강엔 어둠 깃들어 오고, 저 불빛 더욱 밝아오고
강은 어둠 속에 묻히고, 저 불빛 더욱 흐드러지고

5·18

어디에도 붉은 꽃을 심지 마라
거리에도, 산비탈에도, 너희 집 마당가에도
살아남은 자들의 가슴엔 아직도
칸나보다, 봉숭아보다 더욱 붉은 저 꽃들
어디에도 붉은 꽃을 심지 마라
그 꽃들 베어진 날에 아, 빛나던 별들
송정리 기지촌 너머 스러지던 햇살에
떠오르는 헬리콥터 날개 노을도 찢고, 붉게…
무엇을 보았니 아들아, 나는 깃발 없는 진압군을 보았소
무엇을 들었니 딸들아, 나는 탱크들의 행진 소릴 들었소
아, 우리들의 오월은 아직 끝나지 않았고
그날 장군들의 금빛 훈장은 하나도 회수되지 않았네
어디에도 붉은 꽃을 심지 마라
소년들의 무덤 앞에 그 훈장을 묻기 전까지, 오…

무엇을 보았니 아들아, 나는 옥상 위의 저격수들을 보았소
무엇을 들었니 딸들아, 나는 난사하는 기관총 소릴 들었소
어디에도 붉은 꽃을 심지 마라
여기 망월동 언덕배기의 노여움으로 말하네
잊지 마라, 잊지 마, 꽃잎 같은 주검과 훈장

누이들의 무덤 앞에 그 훈장을 묻기 전까지, 오⋯

무엇을 보았니, 아들아 나는 태극기 아래 시신들을 보았소
무엇을 들었니, 딸들아 나는 절규하는 통곡 소릴 들었소
잊지 마라, 잊지 마, 꽃잎 같은 주검과 훈장
소년들의 무덤 앞에 그 훈장을 묻기 전까지, 오⋯

1995. 9.

1995년 광주비엔날레. 1980년의 '광주 사태'가 힘들게 힘들게 '광주 민주화운동'으로 자리매김되면서 시대는 변하고 있는 것처럼 보였다. 그러나 그건 사실이 아니었다. 광주비엔날레 첫해의 대상으로 쿠바 작가의 〈잊기 위하여〉라는 작품이 선정되었다. 그건 단지 그 타이틀 때문이라는 의심이 전혀 이상하지 않았고 진보 미술계에선 《안티 비엔날레》를 준비하고 있었다. 5·18 구묘역에서. 그리고 내게 공연 참여를 요청했다. 난 「잊지 않기 위하여」를 만들어야 했다.

내 안에서 속사포처럼 쏟아지는 가사를 처절한 멜로디에 얹었다. 아직은 입에 착 달라붙지 않는 가사로 현장에 가서 노래했다.

그 뒤 앨범 편곡에 함춘호의 기타 애드리브과 유주현의 남도 구음창을 얹었다. 그리고 제목을 「5·18」로 바꿨다.

1996년, 검열이 사라졌다

『아, 대한민국…』앨범은 민주 진영의 쇠잔과 함께 시효를 다하고 있었고 나는 다시 부부가 함께 부를 앨범을 준비했다. 또, 검열이 문제였다.

사실, 검열 철폐 투쟁 시기 초반에 그로 인해 내가 손해 보는 것은 하나도 없었다. 앨범 판매에서도 활동에서도. 그러나 다음 앨범은 어떻게 할 것인가. 다시 검열을 받아들일 수는 없지 않은가.

1993년 10월 20일, "가요의 사전 심의 거부와 관련한 정태춘의 두 번째 기자회견"을 하면서 『92년 장마, 종로에서』앨범을 비합법으로 출시했다. 정부는 신속히 대응하여 나를 기소하고 전국의 경찰에 이 앨범의 수거 지시를 내렸다. 재판이 시작되고 우린 헌법재판소에 '위헌 심판 제청'을 냈다.

재판은 중단되고 헌재의 결정을 기다리는 긴 시간이 기다리고 있었다.

내가 진다면 노래를 그만두리라… 승복할 수 없으니까. 그렇게 되지 않도록 하기 위해 분주하게 움직였다. 문화계 사람들, 정치인들을 만나고 《KBS 심야토론》 같은 각종 토론회나 공청회에 다녔다.

진보 문화예술 진영에서 많은 지원도 있었지만 냉소 또한 적지 않았다. 나는 누구에게나 옳게 보이는 사람은 아니었다.

지고 끝이 난다면 다 그만두리라. 외로운 투쟁이었다.

1996년 6월, 헌재에서 나의 '위헌 제청 신청'이 받아들여져 "위헌" 결정이 내려지고, 국회도 그 전에 관련법을 개정했다. 우리 대중가요사의 첫 시작부터 60여 년간 지속되었던 가요에 대한 정부의 '검열'이 사라진 것이다. 검열 기구였던 '공연윤리위원회'도 해체되었다.

누구도 누구의 검열을 받지 않고 앨범을 낼 수 있게 되었다. 그것을 의식하지 않고 노래를 만들 수 있게 되었다. 《자유》콘서트.

검열 철폐를 기념하는 가수들의 대규모 합동 공연장, 6월 햇살 가득한 서울대 노천극장 언덕배기에서 새로 출시된 두 장의 CD를 받아 들었다. 비로소 대한민국에서 합법적으로 탄생한『아, 대한민국…』과『92년 장마, 종로에서』앨범이었다.

그 한두 해 뒤, '민족예술인총연합'은 우리 부부에게 '민족예술상'을 줬다.

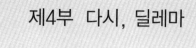

제4부 다시, 딜레마

다시, 딜레마

　민주 진영의 투쟁은 지도부의 구속과 함께 종지부를 찍었다. 그것도, 투쟁 현장에서 당당하게 수갑을 차고 걸어 나가는 게 아니라 명동성당 농성장에서 들것에 실려 나갔다. 어떤 이들은 얼마간은 달라진 현실 속으로 빨려 들어가고 그중 어떤 이들은 노골적인 변절로 오히려 제도권 내에서 날개를 달고 또 어떤 이들은 투쟁의 열기와 대열도 사라진 외곽에서 한국 사회의 권력 지형이 새 판을 짜고 있는 것을 무기력하게 바라보기만 해야 했다. 그 새 질서에 진입한 이들이나 운동 진영에 남아 보수적 현상 유지가 가능한 이들은 이 변화에 적응하면서 진보의 가치를 아주 편의적으로 설파하기 시작했다. "거대 담론을 버리고 미시 담론으로". 일상 속의 운동을 해야 한다는 것이었다.

　사실은, 거대나 미시나 할 것 없이 담론 자체가 사라져버렸다. 그리고, '세계화'와 '신자유주의'가 남한 사회를 풍미하게 되었다. 남한 사회는 권력이 '군'에서 '자본'으로 이양되었다. '산업'이 새로운 패권을 쥐고 '산업주의'가 '절대 이데올로기'가 된 것이었다.

　나는 불안해지기 시작했다.

　새로운 진보 담론도 연대할 진영과 전선도 없어졌고 한국 사회는 일방적인 자본 친화의 언술들과 승리한 이데올로기의 오만과 그 야만이 판을 치고 있었다. 진보에게는 혐오의 용어였던 '자본주의'라는 말조차 그것이 너무나 당연하고 분명한 진리라서 새삼 거론조차 되지 않을 만큼 이념 세계의 유일한 정의가 되어 특정한 개념어로서의 지위조차 사라지는 상황이었다. 그렇게 "신자유주의"가 등장했다.

자본이 국경을 초월하는 새로운 단계를 나는 커다란 문명의 변화로 읽고 그것을 "신자본주의"라고 불렀다. 과거 국가 단위의 자본주의에서 세계를 통합하는 새로운 시장 자본주의로의 이행. 그것을 두 눈 똑바로 뜨고 바라보고 있던 나는 '대중'과 나의 무기력함에 넌더리가 났고, 이런 난 더 고립되어 가고 있었다.

하지만 곡을 쓰는 것은 습관처럼 계속되었고 그것들을 새 앨범으로 낼 수 있을 만큼 내 상황이 아주 나쁘지는 않았다.

건너간다

강물 위로 노을만 잿빛 연무 너머로 번지고
노을 속으로 시내버스가 그 긴긴 다리 위
아, 흐르지 않는 강을 건너 아, 지루하게 불안하게
여인들과 노인과 말 없는 사내들 그들을 모두 태우고 건넌다

아무도 서로 쳐다보지 않고, 그저 창밖만 바라볼 뿐
흔들리는 대로 눈 감고 라디오 소리에도 귀 막고
아, 검은 물결 강을 건너 아, 환멸의 90년대를 지나간다
깊은 잠에 빠진 제복의 아이들 그들도 태우고 건넌다

다음 정거장은 어디오 이 버스는 지금 어디로 가오
저 무너지는 교각들 하나둘 건너 천박한 한 시대를 지나간다
명랑한 노랫소리 귀에 아직 가물거리오
컬러 신문지들이 눈에 아직 어른거리오
국산 자동차들이 앞뒤로 꼬리를 물고 아, 노쇠한 한강을 건너간다
휘청거리는 사람들 가득 태우고 이 고단한 세기를 지나간다

1997. 11.

note

　　IMF 구제금융 사태와 백화점이나 성수대교 등 잇따른 대형 시설물들의 붕괴… 당시 김영삼 정권은 허우적거리고 있었다. 그렇게 부실하기 짝이 없는 남한 사회의 독자적인 물질 토대들이 옛 가치들과 함께 처참하게 무너지면서 '국제 금융 시스템'으로 빨려 들어가고 그렇게 "세계화"는 신속하게 이루어지고 있었다. 사회의 약자들은 더욱 차가워진 소외 지역으로 내몰리고 있었다.

선운사 동백꽃이 하 좋다길래

여기 숨어 뭣들 허는고, 껄 껄 껄… 나…
그 골짝 동백나무 잎사귀만 푸르고
대숲에 베인 칼바람에 붉은 꽃잎들이 뚝뚝
앞산 하늘은 보자기만 하고 속세는 지척인데
막걸릿집 육자배기 하던 젊은 여자는 어디 갔나
마하 반야 바라밀다 아아함
옴 마니 마니 마니 오오홈
밥때 놓쳐 후줄한데 공양 여분이 없으랴만
요사채 굴뚝이란 놈이
"잘 가거라"

이따위로 살다 죽을래? 낄 낄 낄… 나…
그 골짝 동백나무 잎사귀만 푸르고
재재재 새소리에도 후두둑 꽃잎 털고
줄포만 황해 밀물 소금 바람도 잊아뿌리고
도회지 한가운데서 재미나게끔 사시는데
수리 수리 마 수리 아아함
옴 도로 도로 도로 오오홈
칠천 원짜리 동백 한 그루 내 아파트 베란다에서 낙화하시고
느닷없는 죽비 소리로

236

"게으르구나, 게으르구나"

할!

1997. 7.

유명할 때는 절에 주로 '초대'되어 다녔고, 꽤 융숭한 대접을 받았다. 그렇지 않은 때에 들른 절에서는 그 절 사람 누구 하나도 알은체를 해주지 않는 법. 그러면 서운한 법. 이렇게 쓸쓸해하는 오만함이라니… 여러모로 반성해야 하는 법… 이다.

정동진

텅 빈 대합실 유리창 너머 무지개를 봤지
끝도 없이 밀려오는 파도, 그 바다 위
소나기 지나간 정동진
철로 위로 화물열차도 지나가고
파란 하늘에 일곱 빛깔로 워…
아련한 얼굴 가슴 저미는 손짓으로
물보라 너머 꿈결처럼 무지개를 봤지
조각배 하나 넘실대는 먼 바다 위

소나기 지나간 오후 중앙로
철교 아래 그 비를 피하던 네가
파란 하늘에 일곱 빛깔로 오…
그리운 것이 저리 멀리 아니, 가까이
차마 다시 뒤돌아서 그 쌍무지개를 봤지
텅 빈 객차 달려가는 그 하늘 위

1997. 11.

아치의 노래

때때론 "양아치"라고 불리우기도 하는 그는
하루 종일을 동그란 플라스틱 막대기 위에 앉아
비록 낮은 방바닥 한구석 좁다란 나의 새장 안에서
울창한 산림과 장엄한 폭포수, 푸르른 창공을 꿈꾼다

나는 그가 깊이 잠드는 것을 결코 본 적이 없다 가끔
한쪽 다리씩 길게 기지개를 켜거나 깜빡 잠을 자는 것 말고는
그는 늘 그 안 막대기 정가운데에 앉아서 노랠 부르고
또 가끔 깃털을 고르고, 부릴 다듬고 또, 물과 모이를 먹는다

잉꼬는 거기 창살에 끼워놓은 밀감 조각처럼 지루하고
나는 그에게 이것이 가장 안전한 네 현실이라고 우기고 나야말로
위험한 너의 충동으로부터 가장 선한 보호자라고 타이르며
그의 똥을 치우고, 물을 갈고 또, 배합사료를 준다
아치의 노래는 그의 자유, 태양 빛 영혼 그러나
아치의 노래는 새장 주위로만 그저 뱅뱅 돌고…

그와 함께 온 그의 친구는 바로 죽고, 그는 오래 혼자다
어떤 날 아침엔 그의 털이 장판 바닥에 수북하다 나는
날지 마, 날지 마 그건 자학일 뿐이야라고 말한다

너의 이념은 그저 너를 깊이 상처낼 뿐이야라고 말한다

그는 그가 정말 날고픈 하늘을 전혀 본 적 없지만 가끔 화장실의
폭포수 소리 어쩌다, 창밖 오스트레일리아 초원 굵은 빗소리에
환희의 노래처럼 또는, 신음처럼 그 새장 꼭대기에 매달려
이건 헛된 꿈도 이념도 아니다라고 내게 말한다 그러나,
아치의 노래는 새장 주위로만 그저 뱅뱅 돌고…

내일 아침도 그는 나와 함께 조간신문을 보게 될 것이다
내가 아침마다 이렇게 가라앉는 이유를 그도 잘 알 것이다
우린 서로 살가운 아침 인사도 없이 그렇게 하루를 시작하고
가족 누군가 새장 옆에서
제발 담배 좀 피우지 말라고 내게 말할 것이다
아치의 노래는 그의 자유, 태양 빛 영혼 그러나
아치의 노래는 새장 주위로만 그저 뱅뱅 돌고…
아치의 노래는…

2001. 3.

다시, 첫차를 기다리며

버스 정류장에 서있으마
막차는 생각보다 일찍 오니
눈물 같은 빗줄기가 어깨 위에
모든 걸 잃은 나의 발길 위에
싸이렌 소리로 구급차 달려가고
비에 젖은 전단들이 차도에 한 번 더 나부낀다
막차는 질주하듯 멀리서 달려오고
너는 아직 내 젖은 시야에 안 보이고
무너져, 나 오늘 여기 무너지더라도
비참한 내 운명에 무릎 꿇더라도
너 어느 어둔 길모퉁이 돌아 나오려나
졸린 승객들도 모두 막차로 떠나가고

그해 이후 내게 봄은 오래 오지 않고
긴긴 어둠 속에서 나 깊이 잠들었고
가끔씩 꿈으로 그 정류장을 배회하고
너의 체온, 그 냄새까지 모두 기억하고
다시 올 봄의 화사한 첫차를 기다리며
오랫동안 내 영혼 비에 젖어 뒤척였고

뒤척여 내가 오늘 다시 눈을 뜨면
너는 햇살 가득한 그 봄날 언덕길로
십자가 높은 성당 큰 종소리에
거기 계단 위를 하나씩 오르고 있겠니
버스 정류장에 서있으마
첫차는 마음보다 일찍 오니
어둠 걷혀 깨는 새벽 길모퉁이를 돌아
내가 다시 버스 정류장으로 나가마
투명한 유리창 햇살 가득한 첫차를 타고
초록의 그 봄날 언덕길로 가마

2001. 3.

동방명주 배를 타고

동방명주東方明珠, 대륙 가는 배가 반도를 떠나는구나
샛별 하늘
저 배는 황해, 달빛 부서지는 바다로 나가다
멀리 인당수 처자 치맛바람에 슬쩍 숨는구나
어여 가자, 일엽편주야 단둥 항구에 들어가면
낯익은 여인네들 서울 가자고 기다린다

동방명주, 대륙 가는 배가 반도를 떠나는구나
화려한 연안부두
저 배는 장산곶 마루 북소리에도 깜짝 놀래여
멀리 산둥반도 수평선 너머로 슬쩍 숨는구나
어여 가자, 일엽편주야 단둥 선착장으로 들어가면
조선말로 어딜 가오 널 기다리며 묻는구나
돈 벌어서 언제 오나요 허, 심난하게 묻는구나
혀를 차며 서로 묻는구나

2001. 3.

note

2000년의 마지막 날이었던가, 한 신문사에서 진행하는 신년 선상 여행 프로그램에서 공연하러 인천항의 거대한 배에 올랐다. 높은 건물 위에서 내려다보듯 선상에서 내려다본 배 아래층에는 자동차며 H빔 같은 철골 자재들이 가득했다. 아마도 그 이후 '세월호' 또는 그와 비슷한 풍경이었다. 거기서 내려다본 초저녁 항구는 휘황한 불빛들이 하나둘 켜지기 시작하고 있었고 우리 거대한 배 아래에 바싹 달라붙어서 큰 배들 사이로 조용히 항구를 빠져나가는 조그만 배가 있었다. 거기 '동방명주'라는 이름이 보였다.

그렇게 선상에서 공연을 했고, 정말 희한한 분위기의 특실에서 잠깐 잠을 자고 새벽 갑판에 나가 바다 위로 떠오르는 새해 일출을 보고 제주항에 내리자마자 비행기로 돌아왔다.

그러곤, 얼마 지나 '동방명주'를 검색했다. 선사와 통화를 했다. "직접 한번 타보시죠". 꼬치꼬치 묻는 나에게 돌아온 대답은 약간의 정보와 이 말뿐이었다. 그것으로도 충분했다. 난 그 풍경을 내 안에 담고 싶었다.

앨범 녹음을 하려는 무렵 국립국악관현악단으로부터 특별한 소식을 들었다. 관현악단 연주자들 강의차 중국에서 얼후의 대가가 온다는 것이었다. 리후아 씨였다. 그분과 내 앨범 녹음 날짜를 잡고 악기도 하나 부탁했다. 그는 내 얼후를 사 왔고 녹음을 했다. 정말 훌륭한 연주였다. 그 악기로 그가 서울에 있는 한 달 동안 네 번 레슨을 받았다. 노래운동하던 후배 최용만이라는, 중국책 번역도 하는 친구의 통역을 통해

서였다. 마지막 레슨 날, 끝나고 식사라도 같이 하려는데 그가 일이 있어서 가야 한다고 먼저 가버렸다. 리후아 씨와 우리 부부는 단 한마디도 대화를 나눌 수가 없었다. 예, 아니오도 손짓으로 해야 했다. 세에상에… 어떻게 이렇게 사람과 사람이 단 한마디도 말이 통하지 않을 수 있다는 것인가… 그분을 그냥 보내고 말았다.

리후아 씨를 그 후에 『바다로 가는 시내버스』 앨범의 「눈 먼 사내의 화원」 얼후 연주를 위해 다시 초청했다. 이번엔 중호를 하나 사다 달라고 하고. 그가 와서 녹음 연주를 하는데 그 유려하고 애잔한 맛의 연주가 나오지 않는 것이었다. 웬일일까.

문제는 마이너 스케일이었던 것 같았다. 중국 음악을 잘 알지는 못해도, 중국 음악은 장조 단조의 구분이 확실하지 않으면서 거길 넘나들며 대체로 장조의 분위기를 띠고 있는데 이 노래가 확실한 단조였고 내가 주문한 얼후 멜로디가 그의 악기로 연주하기에는 영 어색했던 것 같았다. 할 수 없이 그의 연주 녹음을 내리고 그에게 레슨받은 내가 연주해서 넣을 수밖에.

리철진 동무에게

영화는 끝나고, 내 핸드폰엔 콜이 하나
네가 거기 꿈의 궁전 마룻바닥에 쓰러진 뒤 음, 나는
극장 지하 주차장에서 나의 딸과 나의 아내
승용차에 태우고 집으로 집으로 오, 그리곤
내 방 오디오로 아주 오랜만에 슬픈, 오 슬픈
그리스의 노래를 음…
마리아 파란두리는 애절하게 그의 조국의 비극을 노래하고
너의 주검이 다시 내 눈앞에 빙빙 돌고

그날 오후엔
올림픽 공원 펜싱 경기장 전교조 합법화 기념대회
넓은 마루 높은 무대 그 수백 명의 풍물 소리 오…
끝도 없이 입장하는 전국 지회 지부 깃발들과
열광하는 박수 함성, 승리의 노래가 오…
일만여 젊은 교육 노동자들의 뜨거운, 뜨거운 노래를 들으며
나는 무대 뒤에서 하염없이 울고
한 여교사가 그의 어린 아이를 유모차에 태우고
천천히 음향석 콘솔 앞을 지나가고

리철진 동무, 그래

마지막 날 동해 가던 승용차 뒷좌석

예쁜 화이 뺨 위의 눈물 자국을 백미러로도 못 보고 음,

뿐만 아니라 여기,

남한에서 내가 보았던 너무나 목메여 뜨거운

그 많은 눈물들도 음…

행사 끝난 공원에선 교사들이 밀려 나오고

그 북적대는 인파 속에 네 뒷모습이

지방 대절 버스에 올라타는 도종환 시인의 뒷주머니에

깊이 꽂혀 펄럭이는 종이 깃발

그 너머로 오…

2001. 8.

note

영화 『간첩 리철진』은 아주 재미있게 시작되었다. 거기 내가 아는 배우가 나와 정말 코믹하게 연기를 잘해 주었다. 별로 사람 많지 않은 오전의 극장에선 내 웃음소리가 가장 컸고 양쪽의 아내와 딸이 내 옆구리를 팔로 쿡쿡 찍었다. 그러나 나올 때는 서로들 아무 말이 없었다. 언해피 엔딩.

집으로 돌아와 그리스 여가수의 노래를 들었다.

그리고 오후에 죽가를 부르러 갔다. 거기서 친구 도종환을 보았다.

아마도 내 노래 가운데에서 가장 감정적(?)인 노래일 것이다. 내 슬픔을 감추지 않고 토해 내는… 노래하는 맛이 다른 특별한 곡이다. 하여, 공연장에서 '히트곡'이 아닌 정말 '내 노래'를 부르고 싶을 땐 이 노래를 가장 먼저 선곡한다. 앨범에서의 박만희의 훌륭한 피아노 편곡과 연주에도 불구하고 공연에선 내 기타로 반주하는 것이 더 맛이 난다. 스스로 카타르시스를 느끼며 부르는 '나의 열창곡'이다.

오토바이 김 씨

황사 가득한 날 오후 숨이 가쁜 언덕길로
리어카를 끌고 가는 할머니
그 할머니 치일 듯 언덕 아래로 쏜살같이
내달려 오는 오토바이 김 씨에게
이보오, 천국 가는 길이 어디요,
언덕 너머 세상이 거긴가
여길 나가는 길이 어디요
할머니, 나도 몰라요 음, 음…

부대찌개 점심 먹고 스타벅스 커피 한 잔씩 들고
현관 앞에 서있는 사람들
한국 통신 건물 아래 붉은 머리띠를 두르고
웃샤 웃샤 데모하는 사람들, 김 씨가 묻네
여보세요, 새로운 세기가 여기요?
21세기로 가는 길이 어디요,
여길 나가는 길이 어디요
아저씨, 나도 몰라요 음. 음…

문정동 로데오를 들러 뒷구정에서 닭갈비를 먹고
신천역에서 지하철을 타는 어린 연인들에게

선릉, 삼성역을 지나, 어둔 터널을 길게 지나
올림픽공원역으로 가는 사람들, 그들에게 묻네
애들아, 청담, 압구정이 여기냐
거긴 지하철이 서질 않더냐
근데, 경륜장 가는 길은 어디냐
아저씨, 우린 몰라요 음, 음…

잠실 주공 아파트 회색 시멘트 단지를 지나
멀리 성남으로 내달리던 김 씨
롯데월드 어드벤쳐 호수 자이로드롭에 높이 올랐다
비명 지르며 떨어지는 사람들에게
이봐, 천국 가는 할머니를 보았나,
절망하는 사람들을 보았나,
여길 나가는 길을 보았나?
그만 그만, 묻지 마세요
음, 음…

2001. 8.

정동진 3

정동진에 파도 치고 거기 무지개를 향해 낚시를 던지는 사내 하나
나는 봤지
그 투명하고 가느다란 낚싯줄에 매달려 허공을 날아가는 새우
나는 봤지
아니, 납덩어리에 풍덩, 파도 속으로 사라지는 것도
또, 그 사내 장화 발치에 죽은 생선들이 담긴 일제 아이스박스도
나는 봤지

동태평양 멕시코 연안 그들의 긴긴 모래밭,
그 찬 바다에 낚시를 던지고
석양을 바라보며 웅숭거리고 섰던
맨발의 추레한 중년 멕시칸 사내와
그 사내 발치의 작은 고무통. 거기, 어린 가오리들의 슬픈 목숨과
그들의 구질구질한 살림살이도 나는
그 바다에서 봤지, 그 바다에서

그렇게, 아직 20세기의 제3세계 남루한 사내들이 서로를 마주보며
싸구려 미끼를 던지는 먼먼 바다 위론 태양 빛,
한 태양 빛 아래 동과 서로 날짜를 바꾸는 일자변경선이 지나가고
그 보이지 않는 선 위로 또

파도보다 조밀한 해도를 따라 거대한 상선들과 구축함대가 지나가고,
뭍에 없는 희망을 파도 속에서 찾으려는가
아, 바하 캘리포니아 아, 정동진

맨발과 만성 비염의 코흘리개 애들 그리고,
부스럼투성이의 멕시코 개들
먼지 뽀얀 트레일러 마을과 찡그리며 인사하고
긴긴 사막 위로 끝도 없이 세워진 함석 판때기 사이
철통같은 국경선을 넘어 미국으로 들어가다
US 5번 국도 해안 절개지 아래 길다란 평원에서 기동훈련하는
수십 대의 헬기 부대도 나는 보았지
또, 나른한 샌디애고 해안 온몸 출렁거리는
지방질의 살갗 뽀얀 백인 노인네들
일광욕 즐기는
저 풍요조차 지루한 백사장의 늘 따스한 햇살과 칼라풀한 튜브들도
나는 봤지

아, 바하 캘리포니아, 샌디애고, 정동진…
저 기차는 어디로 가는가

강릉 시내 들어와 중앙시장 골목을 헤매다 마른 오징어를 한 축 샀지

또 한 골목을 돌아 좌판에서 생선 내려치는 무쇠 칼,

가장 큰 칼을 하나 샀지

후두둑, 소나기 노점 천막을 후려치고 지나간 뒤

중앙로 철길 너머 먼 하늘 위 쌍무지개도 나는 봤지

그날 밤에도 영화배우 박 아무개는 맥주를 마시며 돈을 벌고,

돈을 세고 또, 맥주를 마시고

나도 테레비를 보며 맥주를 마시다 취해 잠들어

꿈에 다시 동태평양 찬 바다와 그 투명한 햇살

정동진 바다 끝 외무지개와 강릉 시내 하늘 위의

쌍무지개를 다시 봤지

또 세 쌍무지개, 네 쌍무지개를 봤지

때로 시내를 지나, 동해안 야산 언덕을 수도 없이 지나

때로 절망 같은 해안길 파도 부스러기에 젖어

철로 위를 끝도 없이 달리는

지난 세기의 철도청 화물 열차도 다시 봤지

그리고, 아직 날이 서지 않은 그 무쇠 칼로

저 허망한 무지개들을 밤새 자르며, 휘두르며…

그리고, 그러면 그럴수록 다시 수평선 멀리멀리 솟아오르는

수많은 무지개들을 나는 봤지

"선로에 계신 분들은 열차가 들어오니 모두 바닷가 쪽으로
내려가 주시기 바랍니다."
"모두 바다로 내려가 주시기 바랍니다.
바다로 내려가 주시기 바랍니다."
정동진…

2001. 8.

언젠가 미국에 갔다가 국경을 넘어 멕시코에 간 적이 있었다. 샌디에이고에서 국경을 지나 바로 그 아래의 바하 캘리포니아 반도 중서부에 있는 엔세나다. 리조트가 있는 시골 마을은 그야말로 나의 유년 기억을 되살려 놓기에 충분한 풍경이었다. 국경 너머 샌디에이고의 컬러풀한 풍요와 그곳의 흙빛 빈곤이라니… 이렇게 되면 제대로 즐기는 여행이 못 되고 만다.

리조트 바닷가에서 너무나 수줍어하는 한 멕시코 시골 중년 남자와 서태평양을 배경으로 사진을 찍었다. 그의 낚시 물고기통에는 손가락만 한 이름을 알 수 없는 물고기가 몇 마리 담겨 있을 뿐이었다.

그 후 몇 년 뒤엔가 정동진에 갔다. TV 드라마 《모래시계》를 보지 않은 나는 그 드라마의 일부분 배경이 되었다는 정동진에서 일종의 현대사나 진보적 에피소드라도 만날 수 있을 줄 알았다. 그런데 그건 나의 오해였을 뿐, 거기 아름다운 해변엔 또 한 중년 사내가 저 바다 건너 바하 캘리포니아 해변의 그 중년 사내와 똑같은 모습으로 마주 서서 낚시를 던지고 있었다.

그리고, 그렇게 바닷가를 어슬렁거리고 있는데 갑자기 비가 쏟아져 역사 안으로 몸을 피했다. 비는 잠깐. 비가 갠 바다 위로 선명한 무지개가 떴다가 사라졌다. 강릉 시내 중앙시장을 들러서는 다시 소나기를 만나고 쌍무지개를 보고…

공연장에 가서 노래를 하고 집에 돌아와 노래를 두 곡 썼다.

「정동진」과 「정동진 3」(왜 2번이 없고 3번이 있는지는 잘 모르겠다).

빈산

산모퉁이 그 너머 능선 위
해는 처연하게 잠기어만 가고
대륙풍 떠도는 먼 갯벌 하늘 위
붉은 노을 자락 타오르기만 하고

억새 춤추는 저 마을 뒤 빈산
작은 새 두어 마리 집으로 가고
늙은 오동나무 그 아래 외딴 집
수숫대 울타리 갈바람에 떨고

황토 먼지 날리는 신작로
저녁 버스 천천히 떠나고
플라타너스 꼭대기 햇살이 남아
길 아래 개여울 물소리만 듣고

먼 바다 물결 건너 산 은사시
날 저문 산길 설마 누가 올까
해는 산 너머 아주 져버리고
붉은 노을 자락 사위어만 가고

저기 저 빈산에 하루가 가고
붉은 노을 자락 사위어만 가고

2001. 10.

note

이 노래가 수록된 앨범을 낸 직후에 어느 교육 잡지와의 인터뷰에서 난 "이 노래가 내 비극적 서정의 백미라고 생각된다"고 말한 바 있다. '백미'라는 표현이 일인칭 용어로는 적절치 않은 줄 알지만 듣는 이들이 이런 느낌과 평가를 별로 안 해주니 내가 그렇게 질러서 말했을 법하다.

이런 비극적 서정은 나의 경험으로는 진도 씻김굿이나 그리스의 음악에서 정말 백미를 이룬다. 비극도 카타르시스의 효능이 있다. 물론, 그 효능 때문에 이런 노래를 만들지는 않는다. 내가 어느 특별한 풍경과 상황을 만나고 그 속으로 빨려 들어가고 싶을 때에 이런 노래를 만든다.

그런데 이런 비극성은 나의 시대와 관련한 나 개인의 패배감이 만들어낸 것은 아닐까.

그런데 정말 패배한 것일까?

또 만약 내가 생각하는 '시대 정의'가 승리했다면 난 세상과의 불화를 끝냈을 것인가?

그런 세계, 그런 문명이 과연 올 수는 있는 것인가? 이 산업주의 테크노 문명이 자기 발걸음을 스스로 멈출 수는 있는 것인가? 인간이 인간과 지구를 산업의 지배로부터 구원하고 재생할 수는 있을 것인가?

패배도 승리도 무의미한 단어에 불과할지 모른다. 각 개인들이 그저 자기 당대의 윤리와 정의를 붙잡고 고군분투할 뿐… 그러나 아름답지 않은가. 그렇게 투쟁하는 인간들…

나야 너무나 쉽고 편안하게 살아왔지만 이제 쉬어도 된다고, 부끄럽지만 좀 지쳤다고 뒤로 물러섰다. 더 이상 노래도 만들지 않았다.

그러던 차에 고향에서 나를 불렀다.

거기 고향 마을에서 사람들이 쫓겨나고 있다고

여기 좀 와보라고…

아, 대추리…

대추리는 우리 마을 도두리의 동북쪽 들판 건너 마을이다. 거기서 평택 시내나 미군 부대 '멩게(메인게이트)'와는 가까운지 몰라도 초등학교를 중심으로 사고하는 당시 마을 사람들이 생각하는 바에 의하면 일대에서 가장 외진 마을이었다. 그 동네 아이들은 우리 마을을 지나서 계양의 '계성국민학교'에 다녀야 했고 그 아이들 중 어떤 애들은 하굣길에 우리 집에 들러서 나와 같이 밥을 먹고 더 먼 그의 마을 집에 가는 애들도 있었다. 인접한 갯벌 자락에는 건너편 안중으로 연결된 다리도 없어서 안중면을 그저 '물근너'라 불렀다. 그리고 마을 앞으로 미군기지 철조망이 길고 길게 둘러쳐져 있었다.

2003년경부터인가, 그 마을 사람들이 정부와 싸움을 하고 있었다. 난 이미 세상과의 불화도 더 이상 내 화두가 아니고, 모든 연대도 놓아버린 시기에 말이다.

그들은 나를 불렀다. 이건 새로운 진보 운동도 예술가의 현실 참여도 아니었다. 그냥 고향 사람들과 함께하는 "투쟁"이었다.

나름, 예술가들을 (그들과 함께) 조직했고, 기획하고, 싸웠다.

3년여… 틈나는 대로 가서 함께 들판에서 굴렀다.

박은옥 씨도 자주 나와 함께 대추리에 가주었다. 철저하게 냉소당하는 광화문, 종각에서의 거리공연도 함께했다.

그리고 난 내 고향 마을 도두리 들판의 시위 현장에서 연행되었고, 수갑과 오랏줄을 차봤고, 유치장에서 며칠 동안 담배를 못 피워 봤고(!), 재판정에도 드나들었다.

내 검열 철폐 기자회견장에 와서 격려사를 하고, 그 후로 동료 정치인 일행들과 함께 내 공연장들을 찾아와 주고, 와서는 때로 뒤풀이를 책임져 주기도 하고, 가족들과 함께 중국집에 뷔페에도 가고, 난 그의 어려운 유세 현장에 여러 차례 동행을 하고… 그런 사람이 대통령이 되고, 그이의 추천으로 내 법률 대리인이 되어 "위헌 제청" 싸움을 함께했던 변호사가 법무장관이던 바로 그때였다.

결국,

그 시골 고향 마을에 수천의 무장 공권력이 점령군처럼 들이닥쳤고 마을과 분교는 파괴되었고 들판은 짓뭉개졌다. 그리고 나의 투쟁도 막을 내렸다.

그 관련 노래 가사들과 시 한 편도 여기 따로 싣는다.

금이今伊를 위한 만가輓歌

나 나…
해 저무는 동두천, 화려한 네온 불빛이
저녁 노을보다 아주 먼저 퍼득이던 바로 그날
광기 어린 밤바람이 광활한 미군 부대 하늘로부터 덮쳐 와
그 작은 도시를 휘, 휘감던 날, 금이야…
무너진 육신으로 어둔 판자 셋방에 쓰러져
아, 무서워요, 흐느끼던 딸이야
피 흐르는 알몸뚱이, 우산대에 콜라 병에 가루 비누에…
영혼마저 찢겨져 버려졌던 여인아
금이야…

전라도 순창에서, 서울 구로동에서,
경기도 평택에서, 동두천에서
버림받고, 버림받고, 능욕당하고
그래 여기가 사람의 땅인가요, 내 조국이었나요
산 것들 가슴에 대못을 박고
피육신을 남기고 떠났구나
떠나다뇨,
내 몸뚱아리를 봐요, 눈길 돌리지 말아요
나는 결코 죽지 않았어요
그대 치욕과 분노 속에 아직은

나 나…
해 저무는 종로,
오늘도 화려한 네온 불빛이 청와대 서창의 노을보다
저리 먼저 퍼득이는데
광화문 거대한 성조기가 세기말 밤바람으로 흩어져
이태원 클럽 하우스 조선의 치맛자락들을 낄낄거리며
들추는데, 금이야…
찢긴 몸뚱아리를 꽃잎처럼 수습하고
흰 치마 저고리로 사뿐히 일어나서
미군기지 철조망, 휴전선 철조망
순결한 새 영혼으로 모두 걷어내 주어요
금이야…

나는 결코 죽지 않았어요. 그대들의 가슴에
나는 결코 죽지 않았어요. 그대들의 치욕 속에 아직은
그대들의 치욕 속에, 분노 속에

나 나…
금이여, 잘 가오

1998. 10. 27.
고 윤금이 씨 6주기, 그 영전에.

도두리의 봄

－드렁갱이 장단
경기도 평택군 팽성면 도두리 음, 거긴 이제 내 고향이 아녀
봄 들판 못자리 차가운 무논에 알량한 햇볕이 번지고
사람 떠난 폐가 구멍 난 창호마다 봄바람이 사리살살 불어도
젊은 처녀 총각들 버글대지 않는다면, 이젠 거긴 내 고향이 아녀

－엇모리
왜냐구？ 희망이 없으니까
아, 백여 호가 넘는 동네 집집마다
한 십 년 새 주인들이 죄다 바뀌고
아니면, 주인들이 집 버리고 떠나서 무너진 채, 버려진 채
썩어 풀 돋는 지붕이 한두 집이 아니고…
아니, 거기 남아 사는 사람들 얼굴을 보면 알지
대개는 희망이 없다 그 말이여, 사는 낙이 없다, 그 말

강근이는 미군 부대 공사장에서 떨어져 죽고, 몸뗑이가 워찌 됐겄어
경식이, 승훈이 알콜 중독으로 죽어뻐리고
수용소 가서 치료받고 나왔대더니 또 술 처먹고 바로바로 죽었지
들이야 넓지유, 땅금이야 비싸지유
아, 게다가 언제 근래 흉년 한 번 든 적 있남유
허지만, 허지만 고향 생각 하덜 마슈

이젠 여긴 당신네덜 로맨틱헌 고향이 아녀유

참 아름다웠지
봄,
밤새 개구리들이 악을 쓰고 울어대던
텃논배미 여기저기 봄물 잠겨 찰랑거리고
그 차가운 무논에 정신 번쩍 들게 신 벗고 들어서면
논배미 잔물결처럼 살랑살랑 불어대던 봄바람
왜 그리 선동적이었을까 ?

어서 농사들 시작하라고
봄물 가득 들어오는 용수로 굽이굽이
몇십 리 몇백 리 멀리서부터 흘러온
그 맑고 차가운 물살
때론, 뚝을 넘치며
때론, 뚝가의 웃자란 봄풀들 사정없이 쓰러뜨리며
농사꾼들 잠자는 밤 내내, 그들 일하는 해 녘 내내
더 멀리, 더 멀리, 마지막 마른 논바닥까지
소리 내지 않고 다만 흘러가고
들일 끝내고 노을빛에 젖어 집으로 돌아오는 길
그 물살에 발 씻고, 겨우내 묵은 때까지 흥건히 불려서 벗겨 씻고

또, 지푸라기로 고무신 벅벅 문질러
그 새 세상 같은 물살에 헹궈 탈탈 털어 신고
접어 올렸던 바짓가랑이마저 풀어 내리면
아, 살맛 나는 그 따뜻한 온기

그 바람, 그 물줄기는 어디서 오는 건지
저 먼 세상, 참 신비로운 세상에서
냉정하게, 아주 이성적으로, 혁명적으로,
은밀하게 전달하는 비밀스런 문건처럼
겨우내 팍팍했던 가슴들 우, 설레게 하는
벌렁벌렁 들뜨게 하는 비밀스런 전갈처럼, 속삭임처럼…
고향에 대한 내 원초적 정서는 바로 그것이었어

그 들판 너머엔 너른 갯벌이 있고
달밤 밀물 가득 넘실대다가
사람 네 길 다섯 길 뚝 떨어지게 빠지는 새벽녘 썰물 땐
더럽게 푸석한 개흙들을 뻥뻥 무너뜨리며
쓸어내리며 퇴각하는 시커먼 갯물의 갯벌이 있고
또, 그 너머엔 육지, 야산들과 또 들이 있고
우린 거길 물근너라 불렀지
물근너

건너다니는 배 한 척 없는 미지의 땅

경기도 평택군 팽성면 도두리, 허나 이젠 거긴 내 고향이 아니야
릿사무소 앞길로 버스가 지나가고 제삿날 더러 서울 놈들이 내려도
까라앉는 땅 돋우고 이층 양옥이 몇 채 서고
마루엔 소파 탁자 으, 편타 해도
미군 부대 기상나팔보다 먼저 깨서 일하는 동네 사람들이
진정 행복하지 않다면
아, 거긴 내 고향이 아니야

-터벌림 10박
아침마다 기상나팔 소리, 저녁마다 받들어 총
봉아제 산 레이다 기지 첨탑에 깜빡이 불이 들어오고
산 너머 하늘로 노을이 붉게 번질 때
잘생긴 미군 애들이 철조망 안, 그들의 영토에서 성조기를 내리고
성조기여 영원하라 ! --
아리랑고개 후문으로 노무자들, 하우스보이들이 퇴근하고
헌병이 몸수색을 하고
그때쯤 임무 교대한 도두리, 함정리 사는 경비원들이
뺑뺑 둘러친 철조망 안, 높다랗게 잘 지은 보초막마다에서
저들이 빌려준 이상한 장총을 메고

그 스러지는 노을을 바라보며 누군가의 영토를 지키고…
접근하면 발포함 !!"

−삼채
참, 그때
한겨울 얼었던 땅이 풀리고
동네 하늘에 뜬 한낮의 햇덩어리가 달처럼만 보이도록
온통 뿌옇게 황사가 불어치던 초봄
도두리 일대엔 수십 대의 불도저들이 몰려 들어왔지
삽시간에 온 들판을 파헤쳤지
논둑, 밭둑, 꼬불탕거리는 지겟길 마찻길
물도랑, 웅뎅이, 벼 포기 뽀송한 논바닥
두 번 볼 것 없이 밀어붙이고
내원, 보리원, 흥농계, 안상골,
그 푹푹 빠지는 황새울 어디랄 것 없이
온 들판 붕붕거리며, 먼지, 연기 피우며
메꾸고 깎아내고 그저 한바탕 펀펀하게 밀어놓고
홀연히 떠났지
그들이 누구인지도 모르게, 마치 빨치산들처럼

−동살풀이
그러곤, 다시 온 동네 사람들이 그 들판에 가래, 삽 들고 달라붙어
가로 세로 반듯반듯하게, 십장이 줄 대는 대로 들판을 쪼개서
한 구간, 두 구간 논둑들을 쌓고, 용수로, 배수로를 치고…
우린, 높이 몇 전에 길이 몇 자로 도급을 받아
얼굴이 새까맣게 타도록, 죽을 똥 살 똥 모르고
남들보다 조금이라도 더 멀리, 멀리까지 뚝들을 쌓았지

황석영이 객지의 한 장면처럼
들판 한쪽엔 그야말로 십장들의 함바가 있고
또 우린 그렇게 품삯을 십장한테 또는, 누군가한테
싸구려 딱지로 팔아버리고…
그들이 모두 떠난 뒤에도
봄내 모내기 전까지 우린 그 들판에서 살았지
끼리끼리 제 논에 작답들을 했지

경기도 평택군 팽성면 도두리, 하지만 거긴 이제 내 고향이 아니야
우리 팔 남매가 태어나고 헤매인 들판 동네 지금은 거기 아무도 없고
남은 이들 모두 지쳐 도회만 바라보고 테레비, 비디오만 쳐다보고
희망이 없다, 무너진다, 저 집 봐라, 뉘 집이냐
여긴 이제 누구의 고향도 아니야

-엇모리

그래, 남은 이들 맹독성 농약에, 고된 노역에

저곡가 수매에 몸 망가지고

국민학교 분교마저 폐교되도록 사람의 씨가 마르는

공화국의 소외지역이야

도장산 아카시아 하얗게 피면 뭘 하랴,

그 향기 여전히 달콤한들 뭘 하랴

거기 애기 장수 바위 벌써 땅밑으로 묻혀 버리고

상수도 꼭지 지하수 콸콸 쏟아지면 뭘 하랴

생활 하수가 온 동네 마당 가생이마다

질질 흘러 넘치는데…

도회지 나간 이들 성공하면 뭘 하랴, 제사마저 모셔 간다는데

떠난 사람들은 모두 성공했다는가?

공장에, 노동판에, 술집에, 사창가에 몸들 팔지 않고

그래, 손에 흙들 안 묻히고, 사철 춥지도 덥지도 않게

자가용 살살 끌며 모두 성공들 했다는가?

테레비 드라마들처럼 산다는가?

여기보다 더 딱한 사람들은 없다는가?

돌아오지들 마시게, 행여 돌아갈 고향으로는 생각들 마시게
여긴 그 고향이 아니네
그런 고달픈 맘 쉴 곳이 아니네

참, 옛날 선거 때 돌아버린
김정식 대통령 소식이 궁금한가?
우리 모두 궁금하긴 마찬가질세
그저 가끔씩 생각들이나 한다네
잘들 지내게

경기도 평택군 팽성면 도두리, 거긴 이제 내 고향이 아니야
경기도 평택군 팽성면 도두리, 거긴 이제 절대로 내 고향이 아니야
-자진 삼채

1992. 7.

• 대추리 투쟁 훨씬 전에 만든 노래이다.

272

마클 일병에게

〈낭송〉

천안 교도소

숨 막히는 담장은 높기만 높고

15년 징역

아직도 남은 형기는 길기만 긴데

그대,

먼먼 이역의 땅에 총을 들고 들어와

눈에 보이지도 않는 적에 대한 적개심, 그저

더플백과 함께 지급받은

한 번도 마주쳐 본 적 없는 어느 한 이민족에 대한

공허한 공포와 경멸로

어느 한 절대 권력의 맹목의 총잡이가 되어

아름다운 청춘의 한 시절을 보낸다는 일은

얼마나 슬픈 일이었겠는가

마클 일병,

금이의 죽음은 너무나 처참하였으나

그는 이제 많은 이들의 애처로운 누이로

많은 이들의 살가운 자매로 다시 보듬어지고

그의 영혼은 이제

전라도 순창, 고향의 고즈넉한 들판이나
고향집 마당가의 작은 화단에 내려앉는 햇살처럼
가끔씩 그렇게 유년기의 추억들도 더듬으며
평안히 쉬고 있을 터이네

마클 일병,
이제 그만 돌아가게
그대 그리운 고향으로, 가족들의 품으로
이제 그만 돌아가게
그대의 섬짓한 죄가 사람이 할 바가 아니었듯이
그대의 기나긴 징벌만이 사람들이 할 바는 아니네

마클 일병,
여기는 콧날이 낮고 키가 작은 사람들의 땅
수많은 시련으로 상처투성이의 역사를 가진 나라
주위의 이민족들과도 그다지 원만한 관계를 가져보지 못한 민족
여기 더 이상
그대들의 총검, 미사일, 전투기
그것들의 화약고를 품고 있을 수는 없다네

이제 그만 돌아가게
그대 아메리카 형제들 모두와 함께
아메리카로

우린
그대들의 점령지
긴긴 활주로, 거대한 연병장
훈련장, 사격장, 탄약고…
거기 살벌한 철조망들을 걷어내고
평화의 나무들을 심을 거라네
거기 또는,
콩을 심거나 우리들 양식을 심을 거라네
또는, 아이들 놀이터를, 공원을
만들거라네

마클 일병,
이제 그만 돌아가게
그대 형제들과 함께,
그대들이 들여온 모든 살인의 무기들을 가지고
이제 그만 그대들의 아름다운 고향으로

또한 평화와 소박한 행복을 바라는 그대들의 가족들 품으로
이제 그만 돌아가게

이제 그만
돌아가게

〈노래〉
묻지 마라, 간다
막지 마라, 간다
등때기에 씨앗 큰 자루를 메고
어매 가슴팍같이 허물어진 동산
울며, 다리 절며 헬기 편대 미친 바람 속
때 절은 모자 차양 너머 붉은 해가 뜨고
철조망 안의 성조기도 불안하게 나부낀다
막지 마라, 간다
다만, 호미 하나뿐
우리 귀한 양식을 심으러 간다

개망초가 피오
할미꽃이 피오

창포 원추리 민들레 엉겅퀴 풀밭 둑 저켠
오이 넝쿨 하나도 넘어갈 수 없는
금단의 높은 철조망에 걸려 넘어지며
흙투성이 고무신을 조각 밭이랑에 두고
빼앗긴 땅 긴긴 활주로 깨진 틈새를 찾아
막지 마라, 간다
다만 씨앗 한 자루뿐
너희 귀한 양식을 심으러 간다

2005. 6.

우리들의 대추리, 도두리

아,
아름다웠지요. 아름답다마다요.
도두리, 대추리 들판
벼 익어가는 황금 벌판 위로 메뚜기가 날고
그 평화로운 논둑길에 누우면 미군기지 새파란 하늘 위로 하아
얀 뭉게구름
그 하늘 꼭대기에서 점점이 떨어지던 오색 낙하산
아름다웠지요.

아, 황홀했지요.
아리랑고개 미군기지 후문에서 신대리 봉아제 산 쪽으로 큰 신작
로가 뚫리고
그 신작로 위로 온종일 모래 먼지 휘날리며 돌산에서 깨부순 골
재를 실어 나르던
제무시 트럭들
그 꽁무니에서 뿜어져 나오는 가솔린 냄새가 참
황홀했지요.

존경스러웠지요.
대롱골 마을 기지 철조망 한 곁에 그 마을 사람들 먹을 물 쏟아

내 주던

  미군 부대 수도꼭지 하나

  참 그들이 존경스러웠지요.

  그러나,

  평택의 팽성, 일본군 해군기지에 미군이 진주하고

  그들이 그렇게 그들의 기지를 터 잡고 확장하는 동안

  대추리 사람들이 쫓겨났고

  거대한 불도저에 무너지는 집들, 가재도구도 못 꺼내고

  지금의 산비탈로 밀려 나와 겨울 토굴을 파고 버티며

  저 수십 리 서해 갯벌

  삭풍의 겨울마다 남자들

  거기 나가 긴긴 장뚝을 쌓고

  내원, 보리원, 황새울, 홍농계 이름 붙여 가며 개간을 하고

  갯물 간기 빠지는 몇 해 동안에도 서해 만조에 둑이 터지면

  한밤중에도 누군가의 "뚝 터졌다아…!!" 외마디 소리에

  온 동네 사람들 횃불 들고, 삽 들고, 가마니때기 메고 밤 들판길 달려가

  사나운 바닷물 막아내며 지켜온 그 들판

  이제 경지정리로 기계농으로 2~300가구 농사꾼들, 그 식솔들 먹

고 살 만하게 되었는데

그 땅 모두 내놓으랍니다.

아,
중학교 통학길, 기지를 빙빙 돌아가는 버스 말고
더러 기지의 지름길을 통과해 가고 오는 기지 안
그 별천지 공원 같은 잔디와 아스팔트 포장도로와 시멘트 막사
들과 긴긴
활주로와

거대한 돌산 하나가 다 사라지도록 파내다가 건설한 제국의 식
민 기지
지금 그걸 더욱 확장하시라고
태평양 동북아 미군의 전진 기지를 만들어주십사 하고
청와대, 국회 저놈들이 이미 미국에 가져다 바쳤다고
이제 나가랍니다.

대룡골 마을 인근
지난 수십 년 동안 지하수가 고갈되어 겨우 그

기지 철조망의 수도꼭지 하나에나 의지하며 살도록

깊고 깊었던 미군의 지하수 펌프장

여름이면 그들의 기지 안 풀장에 맑은 물 가득 담아

높다란 풀장 잔디 위에서 일광욕을 즐기던

원색 비키니의 양키 남녀들

철조망 너머 구경하는 열등한 종족을 바라보며 히히덕거리던

그 이민족의 땅, 그들의 영토

기지 후문,

해 질 녘이면 코리아의 하우스보이들이 퇴근하고

다시 경비원들이 투입되는 노을 녘이면

그 극동의 땅 슬픈 노을 속으로 세상에서 가장 권위 있는 단 하나의 깃발

성조기가 엄숙하게 하강하고,

미군의 장총을 지급받은 시골 용병들이 수십 리 철조망

경비 초소, 초소에서 저들의 영토를 지키기 위해

떡대 좋은 백인 헌병의 촘촘한 몸수색을 받으며

나오고, 들어가고

아, 이제

285만 평

그들을 다 내놓으라고 더러운 돈을 뿌리고 있습니다.

K6, 캠프 험프리 미군 부대장 텔리엔토 대령이

그 들판 285만 평을 모두 평균 2.5미터씩 높여

100년을 내다보는 최첨단의 새로운 군사기지, 전 세계 최대의 해외 기지로 만들겠다고

공언을 하는데

저 남한의 언론사들

누구 하나 문제 제기하는 자 없습니다.

도두리 대추리 사람들

아이구 어찌할 거냐며 난감해하다가

제기랄, 나는 못 나간다, 나도 못 나간다. 목숨이라도 걸고 버티겠다고

미군이 뭔디, 정부가 뭔디, 국가라는 게 뭔디

느그덜 그런 꿈도 꾸지 말라고

옹골차게 버티고 있습니다.

돈으로 유혹하고

또, 협박하고 회유하고 온갖 지랄 다 떨어도 우린 못 나간다고,

그래, 그 잘난 공권력, 불도저 포크레인 다 들어오라고 해봐라
우린 못 나간다, 못 나간다고
우릴 다 죽이기 전엔 우리 땅, 우리 마을 못 나간다고

아,
도두리 대추리 들판에 가을걷이 끝나고
땅이 휴우, 한 계절 쉬고 있는데
농사꾼들, 그 안식구들 이 겨울 쉬지 못하고
날이면 날마다 갯벌 개간하던 그때처럼 웅성웅성 모여
저 대추 분교
거기 농사꾼들이 그들의 아이들 계성학교 너무 멀어
땅도 내고 노력 봉사 터 돋워 만든 초등학교
그 분교 운동장에서 비닐 천막을 치고
벌써 400여 일째 촛불을 밝히고 있습니다.

아, 지덜이 뭔디, 지까짓 것덜이 뭔디,
미국이 뭔디, 한국 정부가 뭔디, 국가래는 게 도대체 뭔디 하며
목숨 걸고 지키겠다고,
버림받는 촌것들 질긴 목숨을 걸고 끝까지 싸우겠다고
버티고 있습니다.

들어올 테면 들어와 보라고
공권력이든지 뭣이든지
얼마든지 들어와 보라고
절대로 밀리지 않는다고,
절대로 쫓겨나지 않는다고,
절대로 죽지 않는다고

우린, 너희가 기르는 가축이 아니라고,
우린, 너희가 지배하는 피지배 국민이 아니라고,
아메리카여, 우린 너희의 식민지 백성도 아니라고
우린 깨어있는 인간이라고
인간이라고

올 겨울도 저 칼바람 앞에 결연히 서있습니다.

2005. 12. 11.
평택 3차 평화 대행진

5월, 대추리 솔부엉이

솔부엉이 한 마리 후드득
어둔 나뭇가지 위에 날아와
수십 리 노을 들판을 내달려 온
초저녁 지친 바람을 마신다
평화 동산 위로 별이 뜨고
국방부 헬기들도 돌아가고
보릿대 쓰러진 들판에 철조망 치던
군인들도 둘째 날 저녁을 먹는다
아, 불길한 저녁 갇혀 버린 마을 길
할머니 흐느끼며 지나간다

솔부엉이 또 한 마리 후드득
또 한 나뭇가지 위에 날아와
길 건너 평화 동산 깃발로 나부끼는
슬픈 오월 밤바람을 마신다
먼먼 들판 너머 시민들이
철조망 끊고 마을로 들어오고
일과 끝난 미군기지 너머 나팔 소리
어두워지기 전에 울려 퍼졌다
아, 밤 깊어가고 숨 막히는 어둠 속

전투경찰 다시 진압봉을 들었다

저 군홧발 소리로 그들이 들어오고
집집마다 모두 등불을 껐다
솔부엉이 어딘가로 사라졌다

2006. 5.

5월 4일, 대추리

〈내리〉 너머로 해 뜨기 전
긴긴 활주로 잠 깨기 전
〈평화동산〉의 〈소녀와 파랑새〉
옅은 잠 깨어 몸 떨었다
사람들 뜬눈으로 밤새우고
논둑의 풀잎들 이슬 털 때
운동장 〈구본주 동상〉에 해 비치고
이미 사방은 포위됐다
〈황새울〉로 군인들이 들어가고
〈분교〉엔 전투경찰들이 들어차고
피투성이 젊은이들 줄줄이 끌려 나와
기지 너머로 실려 갔다

－음, 황사도 없는 음, 그 오월 사일
방패와 곤봉들 오전 내내 거기 번쩍거리며 춤추었다

할머니는 길가 벽에 기대어 울고
그 〈벽 속의 시인〉들도 통곡하고
애들 그네도 미끄럼틀도 포크레인에 뭉개지고
들판엔 칠십 리 철조망이
물대포에 분교 유리창들이 깨지고 거기

〈초상화〉도 산산조각 흩어지고
지붕 위의 〈평화〉 깃발도 내려져 찢겨지고
학교는 일순간에 사라졌다

—음, 내일은 어린이날 음, 오늘은 우리 애들 운동회 날
국방부 굴삭기 오후 내내 대추분교를 초토화시켰다

도지사는 그 모든 걸 구경하고
합참의장은 경찰을 치하하고
들엔 야전 텐트가 줄지어 들어서고
간이 화장실도 여기저기
〈들집〉 마당엔 저녁 회오리 불고
평화동산엔 〈깃발〉들이 몸부림치고
도두리 벌 〈문무인상〉은 논둑에 엎드려
노을 들판을 어루만졌다
그저 어루만질 뿐이었다

—음, 황사도 없는 음, 그 오월 사일
들에 검은 헬기가 수없이 다녀가고 파란 보릿대 모두 쓰러졌다
음, 모두 쓰러졌다

2006. 5. 7.

30주년 기념 콘서트

2008년, 나의 데뷔 30주년을 맞았다고 기획사와 주위에서 기념 콘서트를 하자고 했다. 그러나 난 그 제의를 받아들이지 않았다.

그런데 어떤 초청 공연엘 간다고 강남의 어느 건물 지하로 들어가는데 계단에 불이 꺼져있는 것이었다. 오랜 세월 함께한 매니저 김태성은 거기 날 먼저 내려보내고 기타를 들고 뒤에 따라오고. 더듬더듬 내려가서 또 문을 여니 불이 환하게 켜지며 박수 소리가 쏟아졌다. 파티였던 것이다. 30주년 기념 깜짝 파티. 내 친한 지인들이 거기 다 모여있었다. 5, 60명… 놀랐고 사실, 감동했다. "내 장례식장에 온 것 같다"고 말하며 함께 술을 마시고 놀았다. 그런 일도 있을 수 있었다. 아내를 비롯한 스태프들의 깜짝 선물.

그 다음 해는 아내가 30주년이 되는 해였고 그를 위해 콘서트를 준비했다.

강성규와 미술 쪽의 가까운 지인 김준기는 함께 트리뷰트 전시를 기획하고 진행했다. 공연장 인근에 있는 경향미술관, 우릴 축하해 주기 위한 미술인들의 대규모 헌정 전시였다.

사실, 우리 부부는 음악 쪽에 교분이 그리 넓지를 못했다. 대신에 미술과 문학… 진보 문예인들과의 교분이 넓은 편이었다. 그분들과는 많은 대화와 식사 자리를 함께했고 토론하고 기획하고 현장 싸움을 같이 했기 때문이다. 그분들과 오랫동안 함께했던 일들… 감사하고 감사한 일이다.

　미술인들의 참여와 팬들의 성원에 공연과 전시는 성황이었고 이제까지 중에 가장 좋은 콘서트였다고 말해 주는 소리를 많이 들었다. 또 박은옥 씨는 행복해했다.

　감사한 일이었다.

제5부 2012년, 10년 만의 새 앨범

2012년, 10년 만의 새 앨범

음반시장은 더욱 젊어진 소비자들의 새로운 트렌드가 이끌고 가게 되었고 유통에서도 오프라인 매장들이 서서히 사라지기 시작했다. 컴퓨터에서 CD 드라이버조차 사라지고 있었다. 앨범들은 팔리지 않았고 "새 앨범 안 내세요?"라는 인사는 그냥 인사일 뿐이었다.

『건너간다/정동진』『다시, 첫 차를 기다리며』두 앨범 이후로 창작 자체를 접게 되었다. 소통이 안 된다면 내가 접을밖에.

시장에 존재하지 않는 것은 '세상에 없는 것'이었다. 시장은 상품만을 원했다.

또, 나는 노년에 접어들어 있었다.

사변은 더 깊어져야 하고 행동은 더 신중해져야 했다. 한편, 얼마간 게을러져도 좋았다.

자본주의나 신자유주의가 아니라 "산업주의"를 들여다봐야 했다. 그리고, 그것 안에서의 인간의 악성과 참담한 현실을 새로운 눈, 우울하게도 고립된 윤리의 눈으로 바라봐야 했다(이런 융통성 없는 근본주의라니… 그 우울은 아내와 딸을 힘들게도 했다).

또, 우주 속의 지구와 지구를 지배해 온 인간의 문명사와 한 개인들의 생멸에 관한 고민… 사실은, 노인으로서 안심될 만한, 조용히 여생을 지내다 불가지의 그 "멸"을 편안하게 맞이할 수 있을 만한 새로운 생명관을 내 안에 세워야 했다.

노래 만들기를 접고 만난 것이 '사진'이었고, '가죽 공예'였다. 《비상구》라는 사진전도 열고 한동안 열심히 사진을 찍었다. 과연 칙칙하고 우울한 나다운 사진이 나왔다. 하지만 미학적인 설득력을 얻는 데는 실패했다(고 생각한다).

가죽 공예는 주로 가방을 만드는 일이었는데 그 비싸고 귀한 재료인 가죽을 만지는 일, 내가 좋아하는 칼(!)을 다루는 일, 바느질을 하는 일 등이 나를 너무나 행복하게 해주었다. 하지만 디자인 능력의 한계와 가축들의 대량 폐사 사태를 보면서 접게 되었다.

그리고 만난 것이 한시 공부와 '붓글'이었다.

서예도 아니고 캘리그래피도 아니다. 붓으로 쓰는 내 이야기이다. 그러면서 결국 나는 "이야기를 하는 사람이며 노래도 사진도 그 도구일 뿐이었다"고 말하게 되었다.

이렇게 지리멸렬하는 사이, 아내는 내게 "당신은 노래하기 싫어서 노래 안 만들더라도 마지막으로 한 앨범쯤은 아내를 위해서 만들어줄 수 있는 것 아니냐"고 말하고, 나는 "노래는 내 안에서 나의 이야기가 있을 때 나오는 것이지 누구를 위해서 작위적으로 만들 수 있는 건 아니"라고 말하고, 아내는 (속으로 화가 나지만… 물론, 나도 화가 난다. 이 고집불통!) 알았다고 말하고…

그러다가 정말 마음에서 "아내를 위한 노래들"이 나오게 되었다. 아주 단기간에 줄줄이…

녹음을 하려니 박은옥 씨가 "이건 당신이 부르고, 이건 내게 안 맞고…" 하면서 밀어놓은 노래들을 내가 부르게 되면서 아내를 위한 앨범이 아니라 우리 둘의 마지막 앨범이 되고 말았다.

박은옥 씨는 나보다 적은 수의 곡이기는 해도 정말 가장 잘 불러주었다. 그에게 '아주 잘 맞는 노래', 거기에 가장 가까이 간 노래들…

그 앨범이 11집 『바다로 가는 시내버스』이다.

서울역 이 씨

서울역 신관 유리 건물 아래 바람 메마른데
그 계단 아래 차가운 돌 벤치 위 종일 뒤척이다
저 고속 전철을 타고 천국으로 떠나간다
이름도 없는 몸뚱이를 거기에다 두고
예약도 티켓도 한 장 없이 떠날 수 있구나
마지막 객차 빈 자리에 깊이 파묻혀
어느 봄날 누군가의 빗자루에 쓸려
소문도 없이 사라져주듯이

모던한 투명 빌딩 현관 앞의 바람 살을 에이는데
지하철 어둔 돌계단 구석에서 종일 뒤척이다
저 고속 전철을 타고 천국으로 떠나간다
바코드도 없는 몸뚱이를 거기에다 두고
햇살 빛나는 철로 미끄러져 빠져나간다
통곡 같은 기적 소리도 없이 다만 조용히
어느 봄날 따사로운 햇살에 눈처럼
그 눈물처럼 사라져주듯이
소문도 없이 사라져주듯이

2005. 12.

한 노숙인의 죽음에 사람들이 놀랐다. '노숙인'이라는 말 자체가 생소했으니까. 사람이 거리에서 살다 그 거리에서 얼어 죽다니⋯ 그런 사람들이 여기 서울에도 있다니⋯ 그전엔 대개 그런 상황은 이해할 수 없었다.

또 어떤 사람들은 그 죽음을 애도하고 그렇게 차갑게 소외되고 버려진 인간들이 생기고 일상적으로 존재하는 상황에 분개하며 장례를 준비했다. 나를 불렀다.

난 그들을 위한 노래를 불러야 하고 새 노래를 만들어야 했다. 그래서 노래를 만들어 가사를 프린트해서 가지고 장례식장인 서울역 청사로 나갔다.

그러나 너무 추워서 기타를 꺼낼 수조차 없었다. 꺼내더라도 손가락이 곱아 칠 수가 없었다.

신청사. 전보다 훨씬 작아진 광장 한켠에서 저녁에 장례식이 진행됐다. 맹추위에 살벌한 광장, 텅텅 빈 객석엔 몇몇 운동가들과 노숙인들이 커다란 종이 박스와 두터운 넝마 같은 것들을 뒤집어쓰고 아무런 반응도 없이 듣고 있었다. 그냥 가사로만 낭송하는 내, 새 노래를⋯

저녁 숲, 고래여

겨울비 오다 말다, 반구대 어둑어둑
배 띄우러 가는 골짜기 춥고
사납게만 휘도는 검은 물빛 대곡천
시끄럽게 내 발길을 잡고
다만 어린 고래여, 꿈꾸는 고래여
거기 동해로 가는 길은 어디
어기야 디야, 깊고 푸른 바다
어기야, 그 망망대해…

나의 고래는 이미 물 아래로 떠났을까
태고의 바위들 굳게 입 다물고
그의 체크무늬 모자 위 차가운 비 그치고
"허어… 그 배를 볼 수가 없군요"
아, 어린 고래여, 나의 하얀 고래여
우리 너무 늦게 도착했나
어기야 디야, 깊고 푸른 바다
어기야, 그 백척간두…

먼 세기 울산만의 신화도 아득하고
소년들의 포구도 사라지고

문 닫힌 컨테이너 그 옛날 매점 간판만
숲으로 가는 길을 막고 섰네
다만, 어린 고래여, 꿈꾸는 고래여
붉은 산호들 춤추는 심해는 어디
어기야 디야, 저녁 숲속의 바다
어기야, 거기 서있는 고래여…
거기 문득, 서있는 고래여

2010. 12.

　시인 백무산 형은 울주에 산다. 거기 깊은 산골 산사 아래에 작은 집을 짓고 조용히 산다.

　한 시절, 혁명가 같던 기개는 인간에 관한 깊은 성찰로 바뀌었다. 늘 담담하다. 우린 가끔 거길 들렀고 한 번은 그의 안내로 '반구대'에 가게 되었다. 비 오는 겨울, 숲속 개울물, 어둑한 골짜기… 암각화는 보지 못하고 발길을 돌렸으나 난 분명 무언가를 보고 온 것이었다. 부족한 것은 인터넷. 인터넷에 올려진 암각화 사진들은 기대 이상이었다. 바다 위의 고래 가족들… 그 자유분방한 모습들… 물 위로 뛰어올라 서있는 것 같은 어린 고래 그림들… 난 선사시대의 사람들과 만난 기분이었다. 분명 암각화는 사진으로 더 창작욕을 부추겼다. 난 그 풍경과 사진 사이를 옮겨 다니며 그림 그리면 되었다.

　그런데, 상상이 지나쳤을까? "붉은 산호들 춤추는 심해"라니… 산호는 심해에 있는 게 아닐 텐데… 상상력이 언제나 정당화되지는 않는다.

꿈꾸는 여행자

고비사막에서 날아온 엽서 한 장
메마른 글씨들만 흩날리고
어린 낙타를 타고 새벽길을 떠나
그대 모래바람 속으로 사라지고
창의 커튼을 열고 잠시 묵상 중이에요
여긴 너무 멀고 먼 샹그릴라
치즈와 차와 술과 노랫소리들
더 이상 외로운 여인들은 없죠
어느 날 여행자들이 찾아와
구슬픈 바닷새들의 노래를
사막이 끝나는 높은 모래언덕, 멀리
황홀한 설산들이 손짓해도
부디 그 산을 넘지 마, 넘진 마세요
그 너머에도 바다는 없죠

어느 밤, 차가운 별들의 시내를 건너시면
그 푸른빛을 여기 띄워주시고
행여 별빛 따라가다 바달 만나도, 부디
거길 건너지는 마세요
또 어느 날 여행자들이 몰려와

또 다른 세계의 달빛 노래를…
그대의 샹그릴라는, 음 어디
지상에서 누구도 본 적 없고
세상 끝 바닷가 작은 모래톱 만나면
거기 누워 길고 긴 꿈을 꾸세요

여기 다시 돌아오시지는 마세요
꿈꾸는 그대, 그리운 여행자

2010. 07.

note

　사진가 김홍희는 사진가라기보다 여행자에 가깝다. 지구 위를, 여기 반도의 구석구석을 끝도 없이 떠돈다. 그리고 그가 채록한 아름다운 영상으로 우릴 그 세계로 끌어들인다. 인간의 방랑욕을 자극하는 것이다.

　방랑, 그것은 어떤 일부 사람들의 무책임한 일탈에 관한 얘기가 아니다. 모든 사람들에게 잠재된 욕망인 것이다. 새롭고 다른 무엇을 찾고 새로운 삶을 살고 싶은 욕망에 다름 아니다.

　나의 노래도 일종의 방랑인지 모른다. 상상력의 방랑. 사변의 방랑…

　이 노래는 김홍희의 고비사막 사진들을 보고 만들게 되었다.

눈먼 사내의 화원

날아가지 마, 여긴 그의 햇살 무덤
너희 날갯짓으로 꽃들을 피워 주렴
아무도 볼 수 없는 그의 영혼처럼
이 화원 누구도 본 적 없지
떠나가지 마, 강변의 나비들이여
너희 명랑한 그 날갯짓 소리 그치면
풀잎 그늘 아래 꽃잎들만 쌓이고
그는 폐허 위에 서있게 될걸
오, 눈먼 사내의 은밀한 화원엔
오, 흐드러진 꽃 춤추는 나비 바람

날아가지 마, 여긴 그의 꿈의 영지
모든 휘파람들이 잠들고 깨이는 곳
누구도 초대할 수 없는 새벽들의
단 한 사람만의 고요한 늪지
떠나가지 마, 맑은 아침 나비들이여
옅은 안개 이슬도 꿈처럼 사라지면
거기 은빛 강물 헤엄치던 물고기들
그의 화원 위로 뛰어오를걸
오, 눈먼 사내의 은밀한 화원엔

오, 흐드러진 꽃 춤추는 나비 바람

2010. 8.

아내를 위한 노래를 만든다고 하면서 결국은 내 얘기를 하고 있었다.

들켜도 부끄러워도 어쩔 수 없는 일.

나를 너무 연민했던 것 같다…

섬진강 박 시인

연분홍 봄볕에도 가슴이 시리더냐
그리워 뒤척이던 밤 등불은 껐느냐
누옥의 처마 풍경 소리는 청보리밭 떠나고
지천명 사내 무릎처로 강바람만 차더라

봄은 오고 지랄이야, 꽃비는 오고 지랄
십 리 벚길 환장해도 떠날 것들 떠나더라
무슨 강이 뛰어내릴 여울 하나 없더냐
악양천 수양버들만 머리 풀어 감더라

법성포 소년 바람이 화개장터에 놀고
반백의 이마 위로 무애의 취기가 논다
붉디붉은 청춘의 노래 초록 강물에 주고
쌍계사 골짜기 위로 되새 떼만 날리더라

그 누가 날 부릅디까, 적멸 대숲에 묻고
양지 녘 도랑 다리 위 순정 편지만 쓰더라

2010. 12.

이즈음, 우린 악양엘 자주 들락거렸다. 거기 매물로 나온 집들도 알아보고. 거기 가서 살고 싶었다. 지리산 어느 골짜기 또는, 면 소재지쯤 되는 어떤 마을…

거기서 많은 사람들, 주로 예술가들을 만났고, 술을 마셨고, 놀았다. 참, 어린 사람들처럼 격의 없이, 한가하게…

법성포 출신의 시인 박남준은 제 집도 없이 남의 집에 살며 예금이라고는 자기 장례식 치를 만큼만 겨우 유지하며(그의 말이라고 들었다) 아주 간소하게 사는 사람이다. 부럽다. 그런데 정말 그만큼이라도 가지고 있는지는 알 수 없다. 산 아래 마을의 꼭대기 집. 그의 집은 정말 자그마하고 양지바르고 고요하다. 겨울 처마 밑엔 시래기 다발과 손님들 빼주고 남은 말린 감이 주렁주렁 달려 있고. 하지만 마냥 한적하지만은 않다. 꽃 좋은 철에는 외지에서 온 술손님들이 번다하다. 그가 또 그걸 마다하지 않는다.

우리도 그런 손님으로 거기 가서 놀다가 그의 시집 한 권을 받아 왔다. 시집을 단숨에 읽고 노래를 단숨에 만들었다. 그의 시 구절을 몇 개쯤 모셔다가.

날자, 오리배…

새벽 옅은 안개 걷히기 전, 보문호에 가득하던 오리배들 떠나갔다
벌써 영종도 상공 또, 단둥 철교 위를 지나 바이칼 호수로 간다
길고 아름다운 날갯짓, 부드러운 노래로 짙푸른 창공을 날며
거기서 또 수많은 오리배 승객들과 인사하고 멈추었다 날아간다
비자도 없이 또, 국적도 없이 그 어디서라도 그 언제라도
얕은 물가에 내려 그 땅 위에 올라가 일하고
그 이웃들과 하나 되리라

굳센 바이칼의 어부들, 인근의 유목민들이 그들 오기를 기다리리라
이젠 거길 그들에게 맡기고 자신들의 오리배로 에게해로 떠나리라
자작나무 숲의 어린 순록들이 작은 썰매를 끌고 와 그들을 영접하고
저녁 호숫가 잔디 위 따뜻한 모닥불 가 유쾌한 만찬이 있으리라
비자도 없이 또, 국적도 없이 그 어디서라도 그 언제라도
맑은 물가에 내려, 그 땅 위에 올라가 일하고
거기 경건한 숲들과 하나 되리라

해 질 녘, 에게해 진흙 바다 오래된 말뚝들 사이 그들이 또 내리리라
오후 내내 레이스를 뜨던 여인들과 귀가하던 남정네들
그 바닷가로 나오리라
그날, 거기 일군의 오리배들 탕가니카로 떠났고

집시의 선율들은 남아

마을에 저녁 별 질 때까지 그들의 창가에 와인 향처럼 흐르리라

비자도 없이 또, 국적도 없이 그 어디서라도 그 언제라도

얕은 물가에 내려 그 땅 위에 올라가 일하고 그 별들과 하나 되리라

그들 또, 아프리카 호숫가 작은 샛강에 내려 거대한 일출을 보리라

주린 채 잠들지 않고 총성에 그 잠 깨지 않고 아이들

새벽 강물을 마시리라

늙은 기린들도 뚜벅뚜벅 그 물가로 모이고 밀림의 새들은 날고

세계 어디에도 이들보다 흠, 덜 행복한 사람들은 없으리라

비자도 없이 또, 국적도 없이 그 어디서라도 그 언제라도

맑은 물가에 내려 그 땅 위에 올라가 일하고 그 대지와 하나 되리라

그날 또, 일군의 오리배들 티티카카 호수에 내리리라

그 수초의 섬 위로 오르리라

거기 또, 오리배들

정오의 하늘에 가득하리라

2010. 12.

note

인사동 저녁 자리에 최재봉 기자가 데리고 나온 사람은 우리 부부가 보고 싶어 했던 소설가 박민규였다. 그는 수줍은 얼굴로 작은 꽃다발을 내밀었다. 첫인상은 약간 어눌한 것 같으면서도 말을 재미나게 하는 사람이었다. 그러곤 자주 만나게 되었고 친해졌다. 그의 소개로 또 소설가 천명관을 알게 되었다. 그렇게 넷이 한자리에서 모여 가끔씩 식사라도 하게 되면 술 없이도(다들 술을 별로 안 한다) '경기디안' 운운의 농담 같은 것으로 껄껄대며 즐겁다. 순한 사람들…

박민규의 소설 중에 오리배 이야기가 나온다. 오리배를 타고 세계를 여행하는 노동자들… 참 몽환적이지만 거기에 또 내가 약간의 리얼리티와 나의 몽환을 추가하면 안 될 건 뭔가. 경주 보문호에서 건너편 호안의 거대한 오리배를 보았는데. 박민규와는 조금 다른 상상력으로 내 그림을 그려나갔다. 그리고, 편곡.

편곡용 시퀀싱 프로그램 '로직'은 소리만이 아니라 시각적으로도 편곡 작업을 돕는다. 그 화면은 하나의 거대한 캔버스이다. 거기 시간과 공간이 함께 있다. 내가 원하는 소리를 녹음하고 만들어 붙인다. 소리의 원근감, 조형적 배치, 컬러, 선율과 화성, 효과음, 보컬 솔로와 코러스… 그것들의 배합과 재배치와 리터치… 그렇게 커다란 '소리의 그림'을 그려서 앨범을 냈다.

한동안 안 듣다가 혼자 한적하게 운전하다가 문득 들으면서 "주여, 이걸 내가 만들었습니까? 그게 사실입니까?"(혼자서!)

뛰어난 편곡이라는 말이 아니라 내가 다시 그런 그림을 그릴 수 있을까… 앞으로… 이런 행복한…

노래 만드는 일…

강이 그리워

강이 그리워, 네가 그리워
그와 함께 낡은 차를 타고 여기까지 왔지
계곡물엔 단풍잎들이 헤엄치고
은어 떼들 산으로 오르는 꿈을 꿨어
구례 읍내 하늘 나지막이 노을꽃 피고
산은 벌써 가을 햇살 툭툭 털어내는데
저 바람 자유자재 오, 정처도 없이
찰랑대는 물결, 모래 위를 걸어가는데
강이 그리워, 네가 그리워
저문 날 네 노래 들으려 여기까지 왔지

너는 가늘게 반짝이며 밤바다로 가고
네가 떠나간 여울목에 다시 네가 있는데
산은 여기저기 상처 난 길들을 지우고
가난한 시인네 외딴 빈집 개만 짖는데
강이 그리워, 네가 그리워
그치지 않는 네 노래 들으려 여기 왔지

2010.12.

 박남준 시인의 곁에 이원규 시인 내외가 살고 있었다. 거기도 살림 단촐하긴 마찬가지. 재산이라곤 딱 오토바이만 두 대. 우리가 가면, 거기서 조금 움직일라치면 그가 오토바이로 앞장서서 마치 경호 사이드카처럼 길 앞의 교통신호와 감시 카메라까지 이미 잘 훈련된 수신호로 알려 준다. 참 즐거운 드라이브. 그 천진한 동화 풍경이라니…

 우리에게, 지리산이 대개 그랬다.

바다로 가는 시내버스

몇 시일까, 겨울비 내리는데
썰물처럼 가로등 불빛 꺼지고
아무도 떠나가지 않을 정류장
시내버스 모두 돌아오고
그 얼마나 먼 곳으로 헤매었니
이제 여기 변두리 잠시 닻을 내리고
아무도 돌아오지 않을 종점 역
그리움에 병 들었을 너
모든 시계들이 깊은 잠에 빠져도
네 먼 바다는 아직 일렁이고 있겠지
여기 끝 모를 어둠 깊어진대도
누군가 또 거기 작은 배를 띄우고
며칠일까, 오늘과 내일 사이
겨울비 그치고 별이 뜰 텐데
다시 떠날 차가운 아침 녘 조용히
너의 바다 또 널 기다릴 텐데

그 얼마나 먼 곳으로 헤매었니
네가 찾는 바다 그 길 끝에서 만날까
아무도 손 흔들지 않는 등대 아래

하얀 돛배 닻을 올리고 있을까

모든 시계들이 깊은 잠에 빠져도

네 먼 바다는 아직 일렁이고 있겠지

여긴 끝 모를 어둠 깊어진대도

누군가 또 거기 작은 배를 띄우고

며칠일까, 오늘과 내일 사이

겨울비 그치고 별이 뜰 텐데

다시 떠날 차가운 아침 조용히

너의 바다 또 널 기다릴 텐데

2010.12.

note

　앨범을 내면서 타이틀을 이 노래 제목으로 했고 CD 재킷에 내가 찍은 사진을 얹었다. 같은 이름으로 콘서트를 하면서는 그 사진을 크게 뽑아 그 위에 글씨를 썼다. 조경처조청해途竟妻眺靑海(도정의 끝에서 푸른 바다를 바라본다). 우리 일로 애쓰는 가까운 동생들에게는 액자로 만들어서 선물했다.

　난 이 노래를 만들고 또 글씨를 쓰면서 줄곧 제주 바다를 생각했다. 중문 인근의 바다에서 보았던 하얀 돛배들.

　그곳에 직접 가보았었다. 그건 요트였다. 작은 선착장은 한산하고 조용했고 누가 설명해 주지 않아도 그 배들이 여기서 나가서 여기로 다시 돌아올 레저용 배라는 사실을 모르지 않았다. 그러나 나는, 그게 아니라 다른 세계로 떠나가거나 저어기 멀리 다른 세계에 저렇게 떠있는 배들로 보였다. 아니, 내가 거기서 찍어 온 사진들을 계속 바라보면서 그 사진으로 구획한 공간만의 의미를 나의 상상력으로 재구성했을 터였을지도 모르지만.

　어쨌든 거기 수평선 위에 고요히 떠서 이곳을 향해 손을 흔들고 있는 것만 같은 하아얀 돛배들.

　나는 나의 길 끝에서 그런 손짓을 기다리고 있었고 그걸 내 안에 그려 넣었다.

　　　바다가 그립다
　　　그것이 어느 바다인지는 모른다
　　　내가 다녔던 많은 바다, 그중 어디이거나 아니면
　　　전혀 다른 세계의 어느 바다…
　　　내 안에서 그 파도 더 일렁이면

316

그걸 마음으로 다 감당
못 하면…

엊그제
손녀가 그린 큰 물고기와 잔파도 그림에
은색 물감으로 글을 써넣었다
"大魚小波
여섯 살 손녀 그림에 바다가
그립다"

나의 노래 만들기는 이렇게 끝이 났다.

너무 오랜 세월 동안 너무 많은 이야기를 했는지도 모른다. 그리고, 너무 많은 공감을 원했는지도 모른다. 그리고 '시장' 운운하며 투덜거리고 물러서고…

그렇게 끝을 내놓고 (낸다고 해놓고) 여기 말미에 세 곡을 더 올린다.

오래전, 이미 발표했던 젊은 시절의 노래들을 중심으로 또 새 앨범을 만들게 되었고 거기에 싣게 된 노래들.

데뷔 40주년 프로젝트의 일환으로 기념앨범 발매 계획이 잡혔다. 늙은 목소리로 젊은 시절의 노래를 불러보라는 게 딸의 제안이었다. 그러나 그것만으론 부족했고 새 가사나 새 노래도 있어야 했다.

「사람들 2019」는 이미 오래전에 발표된 노래지만 최근에 가사를 모두 새로 붙였다.

「외연도에서」는 또 오래전에 KBS TV 프로그램을 찍기 위해 대천의 외연도에 다녀와서 만든 노래다.

그리고, 「연남, 봄날」은 2019년 1월 가장 최근에 만든 노래다.

한동안의 힘든 시기를 겪고 새로 이주한 마포, 거기서 새로운 삶을 만들어가야 할 사람들. 우리 가족을 위해 만든 노래이다.

사람들 2019

아침 현관 앞에 사채 업체 명함들이

여기저기 뿌려져 있고

이사 온 첫날 나는 기겁을 하고 (도대체 날 뭘로 보는 거야)

오후에야 겨우 가슴 쓸어내리고

온 동네 거리마다 낙엽처럼

흠, 일수, 월수 (해피론, 무담보, 전화 한 통으로…)

동네 할머니 손수레 지나가고

동네 할아버지 리어카 끌고 오고

종이 박스 가득 아슬아슬

비탈진 언덕길을 내려가고

흠, 노인을 거지로 버려두는 나라

흠, 사람들

우리 서하 아침에 유치원 가고 (가기 싫은데)

오후에 집 앞 버스에서 내리고 (할아버지, 안아 줘)

오늘은 뭐 하고 놀았니? (안 가르쳐 줘)

간식은 뭐 먹었어? (안 가르쳐 준대두)

음, 까칠하긴

음…

우찬규 씨는 한시 답장이 없고
핸드폰은 미세먼지 경보만 요란하고
새봄 잎사귀들 다투어 솟아나고
블랙리스트는 잊혀지고
음, 사람들, 음 사람들

재작년엔
사천백팔십오 명이 교통사고로 죽고
만 이천사백육십삼 명의 국민이
절망을 이겨내지 못하고 스스로 목숨을 끊고
하청, 비정규직…
천구백오십칠 명의 노동자가 산업재해로 죽고
여기 또,
삼십오만의 새 아기들이 태어나고
일만여 명의 신부들이 중국, 동남아에서 들어오고

JTBC에 노란 조끼 등장하고
샹젤리제 거리는 철시하고
장갑차에 검은 연기 어수선하고
뉴스 꼭지는 넘어가고

음, 아쉬운 사람들
사람들

이인휘는 새 소설을 쓸까
다신 빵 공장엔 안 나갈 테지, 거기
남한강 물결 고요하게
북으로, 북으로 흐를 테지
술은 먹었다, 끊었다, 먹었다, 끊었다…

(칼 갈아요) 꼬오물차 지나가고 (영광 굴비)
"짜지 않아요, 짜지 않아요", (오십 대 여자 일 톤 트럭 지나가고)
편의점 알바 언니 화장 속 기미가 짙고
"오늘은 로또가 연결이 안 돼서요…"
음, 피곤하시군요, 피곤들 하시군요

2019. 2.

외연도에서

뱃사람들처럼 나도 뒷짐을 지고
새벽 물 빠지는 작은 포구를 바라보았다 교장이,
오늘은 파도가 너무도 잔잔하군요라고 말하기도 전
그들은 벌써 그들의 바다로 나갔다
남은 것은 그저 서너 척 폐선들만이 아니요
섬 꼭대기의 뿔난 흑염소들만은 아니다
뽀얀 안개는 산언덕을 쓸어내리고
술 깬 서울민박의 고 주사가 아침 밥상을 차린다

뾰족한 뱃머리 출렁거리는 나무 난간을 딛고
사람들이 내리고 또 오른 뒤 훼리는 바로 떠났다
이 동네는 그래두 고소득이여유, 되풀이하던 젊은 이장은
아직 그의 주낙을 모두 물에 내리지는 못했을 것이다
어둔 동백 숲 그늘의 당집은 보이지 않고
늙은 팽나무들만 습한 바람을 마신다
평화슈퍼 중년 부부가 나란히 팔짱을 끼고
합장하는 허문도 씨, 초파일 테레비를 본다

방파제 위로 올망졸망 섬 애들이 뛰어가고
그들 뒤로 찢어진 부표 깃발들이 나부낀다

외연 훼리는 저들의 깊고 푸른 바다를 가르며

대천항으로, 대천항으로 내달렸다

꼬질꼬질한 저들의 태극기를 휘날리며

아침 바다를, 바다를 내달렸다

1999. 5

연남, 봄날

그 언제부터 기다려왔나 이 새파란 봄날
거리엔 꽃비 흩날리고 카페마다 커피 향, 어디
멀리서 온 젊은 사람들 캐리어 경쾌한 바퀴 소리
철길 공원 길엔 햇살이 말갛게 쏟아지네

그 얼마나 오래 기다려왔나 이 따스한 봄날
개나리 철쭉꽃 손님들 누가 모셔 왔나, 오후
노란 유치원 버스 다녀가고 애기들 창밖으로 손 흔들고
성미산 지나온 봄바람이 횡단보도 위로 살랑대네

그 얼마나 오래 기다려왔나 이 찬란한 봄날
이제 무얼 잊고 또 버릴까 그 어두운 기억들, 초록 잎
어린 담쟁이 벽을 타고 힘껏 오르는 이 해사한 봄날, 동네
슈퍼 주차장에 햇살이 가득히 쏟아지네

2019. 1.

다시 새로운 사회와 삶을 꿈꾸며

최재봉(한겨레신문 기자)

　　정태춘 · 박은옥 11집 앨범 『바다로 가는 시내버스』(2012)에 수록된 「날자, 오리배」는 박민규의 단편 「아, 하세요 펠리컨」에서 영감을 얻어 만든 노래다. 그의 첫 소설집 『카스테라』(2005)에 실려있는 이 작품은 서울 근교의 한적한 유원지를 배경으로 삼았다. 유원지라기보다는 저수지에 가까운 이 공간에 사람들이 찾아와 오리배를 타는데, 어느 날 새벽 유원지 소속이 아닌 오리배들이 저수지를 가득 채우고 있는 모습이 발견된다. 오리배에 탄 아르헨티나 사람들은 자신들을 '오리배 세계시민연합' 회원이라 소개한다. 일자리를 찾아 중국으로 가던 중으로, 비행깃값이 부담되고 비자도 없는 터라 오리배를 이용하는 것이라고. 이와 비슷하게 「날자, 오리배」에서 보문호를 떠나 바이칼 호수로 가는 승객들은 "비자도 없이 또, 국적도 없이 그 어디서라도 그 언제라도 - / 얕은 물가에 내려, 그 땅 위에 올라가 일하고 그 이웃들과 하나 되"는 꿈을 품고 또 실현하는 이들로 그려진다.

　　이주노동자들이 오리배를 교통수단 삼아 옮겨 다닌다는 것은 물론 박민규의 독창적인 발상이지만, 국적과 비자, 국경에 구애받지 않고 노동자들이 자유로이 옮겨 다니며 일을 하고 어울려 산다는 생각은 정태춘에게도 낯설지 않은 것이었다. 그의 시집 『노독일처』(2004)에 실린 시 「노독일처」와 「어머니」가 그 증거다. "거기 어디쯤/ 국가란 것도 없고, 정부란 것도 없고, 자본이나 그 하수인, / 인간의 대표란 것들도 없는/ 그런/ 사람 세상이 있을 수 있지 않겠어?"(「노독일처」)라거나 "어머니, / 저는/ 어느 잔잔한 물가/ 야트막한 언덕 위에/ 조그만 집을 짓고/ 선량한 이웃들과 아주 순진하게 살고 싶은데요/ 작은, / 아주 작은 사회에서/ 아주 낮은 생산성으로/ 겨우 연명할 만큼만 농사를 지으며, / 게으르게 낚시하며/ 그렇게 살고 싶은데요"(「어머니」) 같은 대목을 보라.

앨범 『바다로 가는 시내버스』를 내기 전, 정태춘 형은 내게 연락해서 박민규와 만나는 자리를 주선해 달라고 요청했다. 박민규의 양해를 구하기 위함이었다. 형의 요구대로 박민규와 밥을 먹는 자리를 마련했고, 소설 「아, 하세요 펠리컨」이 노래 「날자, 오리배」로 몸을 바꾸는 데 박민규는 흔쾌히 동의했다. 박민규는 일찍이 고교 시절 밴드 활동을 한 적이 있기 때문인지 들국화 전인권과 각별한 편인데, 정태춘·박은옥 부부의 음악도 좋아해서 그 뒤로 자주 어울리게 되었다. 박민규와 가까운 문단 동료인 소설가 천명관과도 일행이 되어 형의 공연에도 같이 가고 종종 밥도 먹곤 했다. 외손녀 서하의 재롱을 외할아버지, 외할머니와 함께 지켜보는 자리도 있었다. 서하 엄마인, 정태춘·박은옥 부부의 딸이자 일러스트레이터 겸 싱어송라이터인 정새난슬이 내가 일하는 신문에 연재를 하게 되었을 때, 신문사 근처에서 부녀를 만나 연재 방식과 내용 등에 관해 상의를 했던 기억도 떠오른다. 글과 그림이 함께했던 그 연재는 나중에 『러키 서른 쎄븐』이라는 책으로 묶여 나왔다.

『바다로 가는 시내버스』에는 박민규 말고도 다른 문인들과 관련된 노래가 여럿이다. 앨범 후기를 인용하자면 이렇다. "「강이 그리워」는 가을 지리산의 이원규 시인네에 다녀와서 썼고, 「섬진강 박 시인」은 또 그 때 거기 이웃의 박남준 시인으로부터 받은 그의 신간 시집을 읽고 거기서 몇 구절을 차용하며 썼다. 「저녁 숲 고래여」는 어느 비 뿌리던 초겨울 저녁 우릴 울주 반구대로 데려가 주었던 백무산 시인을 생각하며 썼다". 『바다로 가는 시내버스』가 유별나 보일지도 모르겠지만, 태춘 형과 시 또는 시인들의 관계가 그리 새삼스러운 것은 아니다. 알다시피 그가 1978년에 낸 첫 음반 타이틀곡이 저 유명한 「시인의 마을」이었고, 그보다는 덜 알려졌지만 1980년에 낸 두 번째 음반은 제목이 『사랑과 인생과 영원의 시』였다. 첫 두 앨범에서 시인과 시를 표 나게 내세운 데서 짐작되듯 그의 노랫말들은 처음부터 시적이었다. 가령 이번 가사집 맨 앞에 실린 노래 「양단 몇 마름」을 보라.

시집올 때 가져온 양단 몇 마름

옷장 속 깊이깊이 모셔 두고서

생각나면 꺼내서 만져만 보고

펼쳐만 보고, 둘러만 보고

석 삼년이 가도록 그러다가

늙어지면 두고 갈 것 생각 못하고

만져 보고, 펼쳐 보고, 둘러만 보고

박은옥 누나의 청아한 목소리로 불린 이 노래는 「섬진강 박 시인」과 함께 태춘 형의 곡 중에서는 몇 안 되는 트로트 곡이다. 입에 착착 감기는 맛이 일품인데, 가사 역시 수준급이다. 아마도 어머니가 시집오실 때 가져온 좋은 천을 헐어서 옷으로 만들지 못하고 아끼며 두고 보기만 하는 정경을 눈앞에 보듯 선연하게 그렸다. 형식적으로 보자면, 전통 율격인 7·5조에 얹혀져 있어, 굳이 곡을 붙이지 않더라도 저절로 노래가 되어 입에서 흘러나올 듯하다. 가사 뒤의 연도 표기를 보면 형이 이 노랫말을 쓴 것은 1972년 4월, 그러니까 세는 나이로 열아홉일 때였다. 음악은 물론 형의 시적 재능이 일찍부터 빼어났음을 알게 한다.

2018년 12월, 연희문학창작촌 송년회에서 나는 뜻밖의 상을 받았다. 이름하여 '베스트 섭외상'. 연희문학창작촌은 해마다 입주 작가들 중심으로 한 해를 돌이켜 보는 송년회를 마련하는데, 작가들이 술과 음식을 나누면서 초대 가수들의 공연도 듣는 방식이다. 2018년 송년회를 앞두고 창작촌 운영위원인 내게 정태춘 형을 섭외해 보라는 미션이 떨어졌다. 개런티도 박하고 음향 시설도 열악한 터라 자신이 없었는데, 형은 흔쾌히 섭외에 응해 주었다. 최 아무개에 대한 우정보다는 문학에 대한 애정 때문이었을 것이다.

2018년 12월 7일, 영하 십 도에 육박하는 강추위 속에 난로 몇 개로 난방을 대신한 천막 공연장은 손이 곱아 기타 줄을 튕기기도 힘들 정도였지만, 형은 별 내색 없이 공연을 이어갔다. 「떠나가는 배」 「리철진 동무에게」 「북한강에서」 세 곡이었다. 노래를 부르기 전에 형은 "문학에 대해 나름 친밀감을 느끼며, 영감을 받기도 했다"고 말했는데, 사실 '영감'에 관해 말하자면 그것은 형이 일방적으로 문학으로부터 받은 것만은 아니었다. 문학과 문인들 역시 형의 노래로부터 숱한 영감을 챙겼다. 위로를 받고 힘을 얻었다. 형의 노래에서 제목을 가져왔고 형의 노래 열 곡이 등장하는 이인휘의 장편소설 『건너간다』(2017)는 그 한 사례일 뿐이다. 형의 노래 세 곡이 끝난 뒤 객석에서는 앙코르 요청이 폭발했다. 특히 연희문학창작촌을 관할하는 서울문화재단 이사장이기도 한 소설가 이경자 선생은 "「사랑하는 이에게」!!"를 거듭거듭 목 놓아 외쳤지만, 형은 끝내 앙코르 요청에 응하지 않고 무대에서 내려왔다. 이경자 선생도 서운했겠지만 나 역시 못내 서운했는데, 당시 천막 안에는 박은옥 누나도 와있었기 때문이다. 나는 형이 세상에 대한 환멸과 그에 대한 의사표시로서 음악 만들기를 중단한 결정을 존중하면서도 누나까지 덩달아 활동을 하지 못하는 데 대해서는 안타까운 마음을 지니고 있다.

해가 바뀌어 2019년 1월 마지막 날, 서울 신사동의 한 갤러리 카페에서는 '정태춘 박은옥 프로젝트 40' 발족 모임이 있었다. 형 부부의 데뷔 40년을 기념해 2019년 한 해 동안 앨범 발매와 공연, 전시, 포럼, 출판 등 다양한 행사를 펼치기 위한 준비 모임 성격이었다. 행사 관계자 및 형 부부의 지인 들이 참석한 이 자리에서는 형이 직접 「리철진 동무에게」와 「92년 장마, 종로에서」 등을 부르기도 했다. 이날 모임에는 박은옥 누님도 당연히 와있었지만 역시 노래는 듣지 못하나 싶었는데, 형이 뜻밖에도 누님을 무대로 불러 「사랑하는 이에게」를 함께 부르는 것 아닌가. 나는 그 모임이 있기 전, 앞서 언급한 연희문학창작촌 송년회 이야기를 중심으로 한 짧은 글을 '트리뷰트 단행본'용으로 써서 보낸 바 있는데, 형이 누나와 함께 「사랑하는 이에게」를 부르는 과정에서 내게 보낸 눈짓을 보니 그 원고를 읽은 것이 틀림없어 보였다. 연희 송년회 앙코르 요청에 대한 뒤늦은 응답인 셈이었다.

어쨌든, 『바다로 가는 시내버스』 이후 7년 만에 내는 새 앨범 『사람들 2019』는 데뷔 40주년을 기념해 지난 노래들을 다시 부른 곡들이 중심이

지만, 새 노래 두 곡도 선보일 것이라 하니 기대가 크다. 바라건대는, 이 앨범이 계기가 되어 형이 다시 노래를 만들고 부르며 세상과 싸우고 소통했으면 좋겠다. 4~6월과 9~11월에는 전국 15개 도시에서 순회공연도 예정돼 있는데, 콘서트 제목이 《날자, 오리배》란다. 정처 없이 세계를 떠도는 이주노동자들의 처지가 마냥 즐겁고 행복한 것만은 아니겠지만, 화를 복으로 바꾸는 전화위복의 이치가 소설 「아, 하세요 펠리컨」과 노래 「날자, 오리배」에는 담겨 있다고 믿는다. 박민규와 형을, 그리고 문학과 음악을 이어준 오리배의 세계관으로 형이 현실의 질곡과 난관을 타개하고, "다시/ 새로운 사회/ 새로운 삶을 꿈꾸게 될 것"(시 「어머니」)을 기대한다.

징후에서 현실로

—정태춘 가사집 『바다로 가는 시내버스』 읽기

오민석(문학평론가, 단국대 교수)

I.

박정희 독재가 거의 종말을 고하며 마지막 기세를 올리던 1978년, 군에서 갓 제대한 청년 정태춘은 『시인의 마을』이라는 제목의 첫 번째 앨범을 내놓는다. 이 앨범은 표제작 「시인의 마을」 외에도, 「촛불」「서해西海에서」 등, 지금도 대중들의 입에서 떠나지 않는 작품들을 함께 담고 있었으니 한마디로 '대박'이었다. 그는 이 앨범으로 세상에 널리 알려졌고, 1979년 MBC 신인가수상과 TBC 방송가요대상 작사 부문 상을 거머쥐었으니 이 앨범은 데뷔와 동시에 '세속적' 성공을 가져다준 축복의 음반이었다. 그러나 「시인의 마을」은 당시 공연윤리위원회(이하 공윤)의 음반 사전심의제도에 걸려 가사를 수정해야 했다. 이런 '폭력'을 고려하면, 이 앨범은 한편으로는 '축복'이었지만, 다른 한편으로는 '치욕'이었다.

> 창문을 열고 음, 내다봐요
> <u>저 높은 곳에 우뚝 걸린 깃발 펄럭이며</u>(푸른 하늘 구름 흘러가며)
> 당신의 <u>텅 빈</u>(부푼) 가슴으로 불어오는

더운 열기의 세찬 바람(맑은 한줄기 산들바람)

살며시 눈 감고 들어봐요

먼 대지 위를 달리는 사나운 말처럼

당신의 고요한 가슴으로 닥쳐오는

숨가쁜 벗들의 말발굽 소리(자연의 생명의 소리)

누가 내게 손수건 한 장 던져주리오(따뜻한 사랑 건네 주리오)

내 작은 가슴에 얹어주리오(내 작은 가슴 달래 주리오)

누가 내게 탈춤(생명)의 장단을 쳐주리오

그 장단에 춤추게 하리오

나는 고독의 친구, 방황의 친구(자연의 친구 생명의 친구)

상념 끊기지 않는 번민(사색)의 시인이라도 좋겠소

나는 일몰日沒의 고갯길을 넘어가는 고행의 수도승처럼

하늘에 비낀 노을 바라보며

시인의 마을에 밤이 오는 소릴 들을 테요

우산을 접고 비 맞아봐요

하늘은 더욱 가까운 곳으로 다가와서

당신의 그늘진(울적한) 마음에 비 뿌리는

젖은 대기의 애틋한 우수

누가 내게 다가와서 말 건네주리오

내 작은 손 잡아주리오

누가 내 운명의 길동무(내 마음의 위안이) 돼주리오

어린 시인의 벗 돼주리오

나는 고독의 친구, 방황의 친구

상념 끊기지 않는 번민의 시인이라도 좋겠소

나는 일몰의 고갯길을 넘어가는 고행의 수도승처럼

하늘에 비낀 노을 바라보며

시인의 마을에 밤이 오는 소릴 들을 테요

—「시인의 마을」 전문

(밑줄은 원문, 괄호 안은 해당 부분에 대한 공윤의 수정 지시 사항)

괄호 안에 있는 공윤의 수정 지시 사항은 놀랍게도 「시인의 마을」이애서 감추고 있는 '침묵'의 부분을 잘 끄집어내고 있다. 군부독재 치하 검열의 주체였던 공윤은 예민한 안테나로 정태춘의 데뷔곡에서 '징후'의 형태로 존재하던 것의 '불온함'(!?)을 잘 낚아채고 있다.

우뚝 걸린 깃발 펄럭이며 → (푸른 하늘 구름 흘러가며)

더운 열기의 세찬 바람 → (맑은 한줄기 산들바람)

벗들의 말발굽 소리 → (자연의 생명의 소리)

고독의 친구, 방황의 친구 → (자연의 친구 생명의 친구)

공윤은 좌측의 기표들이 가지고 있는 집단성, 투쟁성, 운동성을 우측의 중립적, 추상적 자연으로 환치한다. 그리하여 "더운 열기의 세찬 바람"은 동력을 상실한 "한줄기 산들바람"이 되고, "벗들의 말발굽 소리"

는 ("자연의 생명의 소리"라는) 맛도 느낌도 사라진 추상적 자연으로 거세된다. "고독"과 "방황"의 유동성은 "자연의 친구 생명의 친구"라는 죽은 언어로 바뀐다. 엄밀히 말해 이 노래의 표피적 주조는 실존적 서정에 가까이 가있다. 그런 점에서 "우뚝 걸린 깃발" "더운 열기의 세찬 바람" "벗들의 말발굽 소리" 같은 표현들은 문맥상 돌출적으로 보일 수도 있다. 그러나 이런 기표들은 데뷔 당시 정태춘이 가지고 있던 실존의 형식이 여느 실존'주의'자들과 달리 이미 관계와 공동체와 광장을 향해 있음을 보여 준다. 그는 실존의 고독 가운데에도 계속해서 "친구"와 "길동무"를 찾고 있다. 그의 실존은 출발부터 이미 타자들과의 관계와 연합을 향해 있었던 것이다. 어찌 됐든 세상에 처음 나온 「시인의 마을」은 이렇게 검열에 의해 '다시 쓰여진' 텍스트이다. 이런 식으로 자신의 작품을 강제로 뜯어고치는 일처럼 예술가에게 야만스럽고 치욕스러운 고문은 없다. 정태춘은 이렇게 시작부터 시스템의 된서리를 맞았다. 1970년대 후반, 대한민국에서 예술을 한다는 것은 바로, 정확히, 이런 일을 겪는 것이었다. 정태춘은 마치 예언하듯이 자신의 운명을 "고행의 수도승"에 비유했으며, 초장부터 "시인의 마을에 밤이 오는 소릴" 들었다.

역설적이게도 공윤의 다시 쓰기 작업이 극명히 보여 주다시피, 「시인의 마을」은 사실 정태춘 음악의 시작이면서 기획이고, 앞으로 도래할 노래의 모습을 모두 예기豫期하고 있는 모체이자 '원형(archetype)'이다. 이 노래는 정태춘 특유의 서정성과 사색의 깊이, 한국적 포크("탈춤의 장단")에 대한 욕망, 후에 드러날 사회 비평가로서의 면모들을 고스란히 담고 있다. 다만 이 작품에서 정치적 래디컬의 목소리는 폭압의 무거운 장막 아래에서 오로지 징후로만 나타나 있을 뿐이다. 검열의 더듬

이들은 이 징후를 날카롭게 감지했고, 그들의 "징후적 독법"(L. 알튀세) 대로 정태춘은 이후 우리 시대를 관통하는 사회적, 정치적 목소리들을 계속 키워갔다. 침묵의 목소리는 아름답고 서늘한 웅변이 되었으며 서정성과 정치성은 제8집 「92년 장마, 종로에서」(1993)에 이르러 절정의 조합을 성취한다.

1집의 「시인의 마을」「촛불」「서해西海에서」 등에서 정태춘이 보여 준 서정성의 세계는 그 자체 군부독재 이데올로기에 대한 저항으로 해석될 가능성도 있다. 그것은 군부독재가 독재에 대한 직접적인 비판뿐만 아니라 그 모든 진실하고도 진지한 사유와 정서 자체를 억압했기 때문이다. 오로지 폭력 자체인 독재-기계에게 진실하고 아름다운 정서들은 그 자체 적대적인 것이었으므로, 우리는 정태춘이 폭압의 이데올로기에 아름다운 서정으로 저항했다고 말해도 된다. 이런 점에서 초기 정태춘의 서정성은 '비정치성의 정치성'이다. 그리하여 1집의 서정적인 노래들은 아름다우면서도 슬프고, 진실하면서도 처연하다. "눈물에 옷자락이 젖어도/ 갈 길은 머나먼데/ 고요히 잡아주는 손 있어/ 서러움을 더해주나/ 저 사공이 나를 태우고/ 노 저어 떠나면/ 또 다른 나루에 내리면/ 나는 어디로 가야 하나"(「서해西海에서」), 이 가사는 실존과 정치 속에서 방황하던 70년대 후반 청춘들의 스산한 일기이다. 슬픔은 출구 없는 존재들에게 유효한 이완의 정서였으며, 민요(포크)의 전통이 그러하듯이 이 노래도 다양한 하위주체(subaltern)들이 슬픔 속에서 고난을 견디며 흘러가는 데 한몫을 하였다.

II.

그럼에도 불구하고 정태춘을 '투사'의 범주에 '가두는' 모든 시도들은 옳지 않다. 그의 정치성은 애초에 평화로운 일상을 불가능하게 만드는 외부의 시스템 때문에 발생한 것이고, 그러므로 그의 정치성은 그가 일상성에 충실할 때 더욱 진실해지고 더욱 온전해진다. 앙리 르페브르(H. Lefebvre)의 말대로 "일상생활에 대한 더욱 민감한 의식이 '사유思惟'와 '진정성'의 신화들을 더욱 풍요롭고 더욱 복합적인 '사유-행위 (thought-action)'로 대체할 것이다". 일상성은 추상적인 사유와 관념적인 진정성을 더욱 구체적이고 물질적인 '사유-행위'로 발전시킨다. 몸을 입지 않은 정신의 진정성을 우리가 의심하듯이, 일상성의 토대가 없는 사유와 진정성의 '신화들'을 우리는 믿지 않는다. 정태춘의 정치성은 폭넓은 일상생활을 기반으로 하고 있고, 바로 그 일상성의 두터운 토대가 (우리로 하여금) 그의 정치성을 더욱 신뢰하게 만든다. 그의 정치성은 '기획'된 것이 아니라, 진실하고도 진지한 일상의 축적 속에서 자연스럽게 분출된 것이기 때문이다. 그러므로 정태춘의 관객들은 그가 가장 직접적인 정치적 발언을 할 때조차도 실존적인 고뇌로 가득 찬 그의 서정적인 노래들을 무의식적으로 떠올리고, 그 두텁고 넓은 일상의 정서를 배경으로 그것을 듣는다. 그러할 때 그의 발언은 비로소 더 큰 물질성과 진정성을 가진 하나의 구체적인 '사유-행위'가 된다. 그러므로 그에게 있어서 정치성은 일상성의 거대한 파도의 정점에서 튀어 오르는 물방울 같은 것이다. 사람들은 물방울을 보고 환호하지만, 그 아래 출렁이는 일상성이 그것을 튀어 오르게 한다는 사실을 이해할 필요가 있다. 그리하여 그의 대부분의 노래가 사실은 직접적인 정치 담론이 아니라 고뇌와 자성自省으로 점철된 '일상의 노래들'이며, 그것의 여파라는 사실을 기억해야 한다.

1집의 대중적 성공에 비해 상대적으로 덜 주목을 받은 2집 앨범 『사랑과 인생과 영원의 시』(1980)는 이런 점에서 오히려 더 우리의 주목을 요한다. 이 앨범에 실린 아홉 곡의 노래들 중 특히 「사망부가思亡父歌」와 「탁발승의 새벽 노래」는 일상성에 뿌리를 둔 정태춘 음악이 도달한 높은 성취들 중의 하나이다.

> 저 산꼭대기 아버지 무덤
>
> 거친 베옷 입고 누우신 그 바람 모서리
>
> 나 오늘 다시 찾아가네
>
> 바람 거센 갯벌 위로 우뚝 솟은 그 꼭대기
>
> 인적 없는 민둥산에 외로워라 무덤 하나
>
> 지금은 차가운 바람만 스쳐갈 뿐
>
> 아, 향불 내음도 없을
>
> 갯벌 향해 뻗으신 손발 시리지 않게
>
> 잔 부으러 나는 가네
>
>
> 저 산꼭대기 아버지 무덤
>
> 모진 세파 속을 헤치다 이제 잠드신 자리
>
> 나 오늘 다시 찾아가네
>
> 길도 없는 언덕배기에 상포 자락 휘날리며
>
> 요령 소리 따라가며 숨가쁘던 그 언덕길

지금은 싸늘한 달빛만 내리비칠

아, 작은 비석도 없는

이승에서 못다 하신 그 말씀 들으러

잔 부으러 나는 가네

저 산꼭대기 아버지 무덤

지친 걸음 이제 여기 와

홀로 쉬시는 자리 나 오늘 다시 찾아가네

펄럭이는 만장 너머 따라오던 조객들도

먼 길 가던 만가 소리 이제 다시 생각할까

지금은 어디서 어둠만 내려올 뿐

아, 석상 하나도 없는

다시 볼 수 없는 분 그 모습 기리러

잔 부으러 나는 가네

―「사망부가思亡父歌」 전문

　돌아가신 아버지를 그리워하는 내용의 이 작품은 가사가 개념어나 추
상어가 아니라 하나같이 구체적인 "객관 상관물(objective correlative)"(T.
S. 엘리엇)들로 이루어져 있어서 한 사람의 죽음과 장례, 바닷가 산꼭대
기의 묘지, 세월이 지나 그곳을 찾아가는 '나'의 풍경이 마치 영화를 보
는 것처럼 생생하게 전달된다. 상포 자락과 만장을 휘날리며 요령 소리
따라 "바람 거센 갯벌 위" "민둥산"을 숨 가쁘게 오르던 조객들의 모습은
사라지고, 이제는 "차가운 바람만 스쳐갈 뿐" "향불 내음도 없을" 아버

337

지의 무덤으로 올라가는 "나"의 모습은, "갯벌 향해 뻗으신" 망자의 시
린 "손발"과 마주치면서 더욱 절절한 풍경을 이룬다. 밭은 호흡의 어쿠
스틱과 레퀴엠처럼 낮게 깔리는 하모니카 음을 배경으로 (무덤을 향해
올라가는) 풍음風吟의 보컬은 가사가 담고 있는 처연한 슬픔을 더욱 고
조시킨다. 이 작품은 모든 인간의 삶이 (외견상의 차이에도 불구하고) 본
질적인 의미에서 "모진 세파"로 이루어져 있으며, "지친 걸음"의 종점이
결국은 '외로운' 죽음이라는, '실존적' 인식의 절정을 보여 준다. 그러므
로 이 작품 속의 "아버지"와 "나"는 결국 동일한 운명의 존재이고, 그런
점에서 아버지의 죽음은 모든 "나"들의 도래할 미래이다. 이 노래를 듣
는, 각자 다른 경험의 선상에 있는 사람들이 이 노래에서 유사한 자기
연민과 공감을 느끼는 것도 이런 이유에서이다.

> 승냥이 울음 따라, 따라간다 별빛 차가운 저 숲길을
> 시냇가 물소리도 가까이 들린다 어서, 어서 가자
> 길섶의 풀벌레도 저리 우니 석가세존이 다녀가셨나
> 본당의 목탁 소리 귀에 익으니 어서, 어서 가자
> 이 발길 따라오던 속세 물결도 억겁 속으로 사라지고
> 멀고 먼 뒤를 보면 부르지도 못할 이름 없는 수많은 중생들
> 추녀 끝에 떨어지는 풍경 소리만 극락왕생하고
> 어머님 생전에 출가한 이 몸 돌계단의 발길도 무거운데
> 한수야, 부르는 쉰 목소리에 멈춰 서서 돌아보니
> 따라온 승냥이 울음소리만 되돌아서 멀어지네

주지스님의 마른기침 소리에 새벽 옅은 잠 깨어나니

만 리 길 너머 파도 소리처럼 꿈은 밀려나고

속세로 달아났던 쇠북 소리도 여기 산사에 울려 퍼지니

생로병사의 깊은 번뇌가 다시 찾아온다

잠을 씻으려 약수를 뜨니 그릇 속에는 아이 얼굴

아저씨, 하고 부를 듯하여 얼른 마시고 돌아서면

뒷전에 있던 동자승이 눈 부비며 인사하고

합장해 주는 내 손끝 멀리 햇살 떠올라 오는데

한수야, 부르는 맑은 목소리에 깜짝 놀라 돌아보니

해탈 스님의 은은한 미소가 법당 마루에 빛나네

—「탁발승의 새벽 노래」 전문

  불교 사상의 다양한 스펙트럼 가운데 정태춘의 시선이 머무는 곳은 주
로 고행, 유랑, 그리고 깨우침의 층위들이다. 1집의 「시인의 마을」에서
도 자신을 "고행의 수도승"에 비유했던 것처럼 그는 삶을 그 자체 "생로
병사生老病死"의 고해苦海의 길로, 그리하여 "번뇌"의 주체가 "해탈"을 소
망하며 견디는 과정으로 받아들인다. 「탁발승의 새벽 노래」 역시 고행의
주체를 유랑하는 "탁발승"에 비유하고 있고, 그가 이른 새벽의 어느 순
간에 "깜짝" 만나는 해탈의 "맑은 목소리"와 "은은한 미소"를 산사山寺의
고요 속에 그려내고 있다. 그렇다면 그에게 있어서 정치성이란 일상의
밑바닥인 '저잣거리'에서 (우리가) 겪는 다양한 '고행' 중의 하나이다.

III.

사실 1집의 「시인의 마을」「서해에서」, 2집의 「사망부가」「탁발승의 새벽 노래」, 3집(1982)의 「우네」, 4집(1984)의 「떠나가는 배」를 거쳐 5집(1985)의 「북한강에서」에 이르기까지 정태춘의 세계를 지배한 것은 '정치적' 주체라기보다는 '실존적' 주체이다. 이 시기에 정치적 주체는 오로지 '징후' 혹은 (시스템에 의해 숨죽인) 무의식의 형태로 존재하며, 정태춘은 실존적 서정의 "외롭고 높고 쓸쓸한"(백석) 세계를 전면에 내밂으로써 '짐승' 같은 현실과 대적 혹은 절교하고 있다. 이렇게 후경화後景化되어 있던 정치성이 전면으로 드러나기 시작한 것은 1988년 3월 『무진, 새 노래』라는 타이틀의 6집을 내놓으면서부터이다. 이 앨범에서 정태춘은 「실향가」「고향집 가세」와 같은 작품들을 통해 사라진 원형으로서의 고향에 대한 노스탤지어를 밑에 깔면서 그것을 대체한 도시 문화에 대한 비판("새벽 거리에 뒹구는 저 많은 쓰레기", 「한밤중의 한 시간」)을 거쳐 마침내 직접적인 사회 비판에 도달한다. 드디어 "내 민족 허리를 자르는 휴전선" "길 잃고 헤매는 교육의 현장" "영웅이 부르는 압제의 노래"(「얘기 2」)와 같은 가사들이 등장하는 것이다. 정태춘은 이 음반을 내놓은 이후 청계피복 노조 주최의 무대에 서는 것을 시작으로 각종 집회와 대학 축제 무대에 본격적으로 오르기 시작한다. 그는 (물증은 없지만) 아마도 87년 6월 항쟁을 거치면서 저항 문화로서의 대중가요의 사회적 기능에 대한 확신을 가진 듯하다. 앞에서도 언급했지만, 정태춘의 '실존'은 출발부터 이미 관계와 연합을 향해 있었으므로, "공통의 것(the common)"(A. 네그리)에 대한 사유를 멈추지 않는 그에게 이런 경향은 당연한 귀결이기도 하다.

곧이어 1990년에 나온 7집 『아, 대한민국…』은 이와 같은 자신감의 표현이었고, 억압되어 있던 정치적 무의식의 폭발이었다. 이 음반은 "법률에 의한 가요 사전심의"를 정면으로 거부하고 공개적으로 '불법(?)' 음반을 발매함으로써 정태춘이 '검열 국가'에 정식으로 내민 문화적, 정치적 도전장이다. 이리하여 1집에서 검열의 안테나들이 징후로 읽어냈던 정태춘의 '정치성'은 드디어 현실이 된다. 정태춘은 1992년에 나온 8집 『92년 장마, 종로에서』를 낼 때도 정권의 사전검열을 연이어 거부함으로써 불구속기소되었고, 이에 대해 기자회견을 자청하면서 "이제 심의 철폐 운동이 본격적으로 진행되게 됐다"고 밝혔다. 지난한 싸움을 거친 끝에 마침내 1996년 10월 31일 헌법재판소는 음반 사전심의제도에 대하여 위헌을 결정하기에 이른다. 이리하여 1909년 일제가 강행한 '출판법' 이래 여러 독재정권들에 의해 근 8~90년 가까이 가동되어 온 야만적인 검열의 기계는 영원히 멈춰 섰다.

　『아, 대한민국…』이 부정不正한 현실에 대해 직설의 몽둥이들을 휘둘렀다면, 『92년 장마, 종로에서』는 분노의 활화산을 겪은 후 정태춘이 도달한 드높은 예술적 고원高原을 보여 준다. 표제작 「92년 장마, 종로에서」와 「사람들」, 그리고 「L.A. 스케치」에서 메시지의 직접성은 상당히 줄어든다. 직접적 메시지의 자리는 일상성으로 채워지고, 그럼으로써 우리는 이 작품들 속에서 정치성과 일상성의 자연스러운 결합을 목도하게 된다. 엥겔스(F. Engels)는 마가렛 하크니스(M. Harkness)의 소설 『도시 소녀(A City Girl)』에 대해 논평하면서 (노골적으로 정치적 견해를 드러내는 것보다) "작가의 견해가 숨겨지면 숨겨질수록 더욱 훌륭한 예술 작품이 된다"고 하였는데, 이 논리는 정확히 정태춘의 작품에도 적용된다. 엥겔스의 이런 입장은 다양한 각도의 해석이 가능하지만, 무엇보다

예술이 비非예술과 구별되는 고유한 '형식'을 가지고 있으며 사상이 예술이 되기 위해서는 불가피하게도 이 '특별한' 형식의 옷을 입어야 한다는 논리로 이해해도 좋다. 이런 형식을 거치지 않을 경우, 사상은 오로지 사상으로만 남을 뿐 그 자체 예술이 될 수 없다. 이런 점에서 『92년 장마, 종로에서』에 실린 여러 작품들은 정치 담론을 '예술적 말하기'의 층위로 끌어올린 모범적 성취들을 보여 준다.

> 모두 우산을 쓰고 횡단보도를 지나는 사람들
> 탑골공원 담장 기와도 흠씬 젖고
> 고가 차도에 매달린 신호등 위에 비둘기 한 마리
> 건너 빌딩의 웬디스 햄버거 간판을 읽고 있지
> 비는 내리고
> 장맛비 구름이 서울 하늘 위에,
> 높은 빌딩 유리창에
> 신호등에 멈춰 서는 시민들 우산 위에
> 맑은 날 손수건을 팔던 노점상 좌판 위에
> 그렇게 서울은 장마권에 들고
> 다시는,
> 다시는 종로에서 깃발 군중을 기다리지 마라
> 기자들을 기다리지 마라
> 비에 젖은 이 거리 위로 사람들이 그저 흘러간다
> 흐르는 것이 어디 사람뿐이냐
> 우리들의 한 시대도 거기 묻혀 흘러간다

워, 워…

저기 우산 속으로 사라져가는구나

입술 굳게 다물고 그렇게 흘러가는구나

비가 개이면,

서쪽 하늘부터 구름이 벗어지고

파란 하늘이 열리면

저 남산타워 쯤에선 뭐든 다 보일 게야

저 구로 공단과 봉천동 북편 산동네 길도

아니, 삼각산과 그 아래, 또 세종로 길도

다시는,

다시는 시청 광장에서 눈물을 흘리지 말자

물대포에 쓰러지지도 말자

절망으로 무너진 가슴들 이제 다시 일어서고 있구나

보라, 저 비둘기들 문득 큰 박수 소리로

후여, 깃을 치며 다시 날아오른다, 하늘 높이

훠이, 훠이… 훠이, 훠이

빨간 신호등에 멈춰 섰는 사람들 이마 위로

무심한 눈길 활짝 열리는 여기 서울 하늘 위로

한 무리 비둘기들 문득 큰 박수 소리로

후여, 깃을 치며 다시 날아오른다, 하늘 높이

훨, 훨, 훨…

—「92년 장마, 종로에서」 전문

이 노래는 직접적인 정치적 발언을 하는 대신 장마권에 든 일상의 풍경들을 구체적으로 보여 주며 그 위에 처연한 목소리로 "다시는 종로에서 깃발 군중을 기다리지 마라/ 기자들을 기다리지 마라"고 내뱉는다. 이 표현은 매우 중의적重意的이어서 한편으로는 이제 더 이상의 집단적 싸움이 불가능한 시대가 되어버렸다는 절망과 자조감을, 다른 한편으로는 그런 싸움 자체가 필요 없는 이상적인 시대에 대한 소망을 동시에 담고 있다. 2절은 장마에서 벗어나는 서울 거리의 풍경을 다시 그려내면서 "다시는 시청 광장에서 눈물을 흘리지 말자/ 물대포에 쓰러지지도 말자"라고 하는데, 이 발언은 절망보다는 희망을, 자조보다는 자부自負의 정서 쪽으로 더 기울어져 있다. 그리하여 장마비가 오고 그치는 거리의 풍경 위에 정치적 비감悲感이 겹쳐지면서 이 노래는 정치적 슬로건을 목청 높여 외치는 것보다 훨씬 장중한 서사시의 분위기를 만들어낸다. 정태춘은 이 노래가 나온 지 이십여 년이 훌쩍 지난 2016년 촛불 시위 때에도 광화문 광장에서 이 노래를 불렀는데, 이 노래는 시대를 넘어 정치와 일상, 개인사와 사회사와 관련된 장엄한 비애감을 불러일으키며 대중들의 호응을 얻었다. 직접적 메시지가 한시적이며 제한적인 효과를 가지고 있고 그런 점에서 나름의 쓸모가 있다면, 예술적 메시지는 더욱 포괄적인 방식으로 인간사를 건드림으로써 정치가 일상에서 소외되는 것을 방지한다. 정치의 중요성은 그것이 직간접적으로 일상을 지배하기 때문에 생겨나며, 그러므로 일상이 지워진 정치성은 몸이 없는 정신처럼 공허하다. 「92년 장마, 종로에서」는 억압과 투쟁으로 점철된 한국 현대사에 대한 깊은 회한을 일상의 공간 위에 그려냄으로써, 그 공간의 구석구석마저 눈물겹고 정겹게 만든다. 같은 앨범의 「사람들」에는 문승현, 김용태, 백 선생, 김요배, 천상병, 민방위 훈련 초빙 강사, 이부영, 백태웅, 박노해, 김진주 등 일상의 인물들이 실명으로 드러나며, 그 개체들의 일상과 그것을 감싸고 있는 시스템의 모습이 그려지는데, 이 노래의 화자는 이제『아, 대한민국…』때와는 달리 현실에 대해 나름의 비판적 혹은 부정적 '거리'를 취한다. 이 '거리'는 한편으로는 지지부진해진 투쟁의 현장에 대한 실망 혹은 절망의 표현이기도 하고, 다른 한편으로는 변화한 객관적 현실을 객관적으로 바라보려는 태도의 곡진한 표현이기도 하다.

1993년에 나온 9집『정동진/건너간다』는 서정적 주체와 정치적 주체, 서정−정치적 주체를 다 겪은 정태춘에게는 중요한 고비가 되는 앨범이다.「건너간다」의 가사처럼 그는 이 앨범을 마지막으로 "환멸의 90년대" "천박한 한 시대" "이 고단한 세기"와 작별한다. 같은 앨범에 소개된「정동진」에서처럼 그는 한편으로는 여전히 서정적, 실존적 주체에, 그리고「5·18」에서처럼 여전히 정치적 주체에 등 기대면서, 넌더리를 내고 체념하고 희망하고 절망하면서, 애증의 90년대와 이별한다.『정동진/건너간다』는 그러므로 사랑과 혼란의 90년대에 대한 장엄한 고별사이다.

9집 이후 2002년에 10집『다시, 첫차를 기다리며』가 나오기까지 무려 9년의 세월이 지나간다. 그리고 2012년에 다시 11집『바다로 가는 시내버스』가 나오기까지 10년의 시간이 걸린다. 이 긴 시간의 간격은 9집에서 보여 준 정태춘의 "환멸"과 '피로'가 얼마나 깊은 것이었는지를 잘 보여준다. (2019년 현재로서는 최신작인) 11집에서 그는 주로 시인 이원규, 박남준, 백무산, 소설가 박민규, 사진가 김홍희 등과의 교제를 통해 모티브를 얻은 작품들과 아내이자 동료 가수인 박은옥을 위한 노래를 선보이고 있다. 그가 보낸 환멸의 시간 동안, 그를 위로해 준 것은 정치도 노래도 아닌, 다름 아닌 사람들 사이의 사랑이었던 것 같다. 그 긴 시간 동안 세계를 종횡으로 지배하는 중심은 파시즘에서 자본으로 바뀌었다. 마지막 앨범이 나온 지 또 6년의 세월이 흘러갔고 2019년, 정태춘은 데뷔 40주년을 맞이한다. 독재보다 더 교묘하고 더 강력하며 더 광범위한 권력을 구사하는 후기-자본의 시대에 그는 이제 무슨 노래를 부를까. 우리는 또 무슨 노래를 함께 불러 이 세상을 건너갈까.

후기

휴우… 몇 자 더 적어야겠다.

데뷔 40주년 프로젝트 기획을 받아들이면서 이 책이 나오게 되었다.
두 권의 시집과 함께.

출판사 천년의 시작 이재무 사장님, 박은정 편집장님, 평론을 써주신 오민석 교수님… 감사합니다.
그리고 이런 출판 기획을 밀어붙인 사람들, 그들도 여기 이름을 올려야겠다. 강성규, 김준기, 박준흠, 고영재, 박채은, 진인미, 김세훈, 정문석, 최춘호, 권용범…
또 김창남, 이은, 김규항 님들…《정태춘 박은옥 40 프로젝트 사업단》식구들 그리고, 대구의 만수와 미르…
고마워요.

또,
그 오랜 세월 동안 곁에서 지켜봐 주고 함께해 주었던 박은옥 님
참 감사합니다.
이 책의 원고를 꼼꼼히 읽어주시고 산문 쓰기의 지도 편달을 아끼지 않으신 딸 새난슬과 늘 나와 행복하게 놀아주시는 손녀 서하 님,
같이 있어줘서 고마워요.

돌이켜보면 난 참으로 복이 많은 사람이었다. 때론 많게 때론 적게라도
내 이야기에 귀 기울여 주는 사람들이 있었다.

사실,

이 책은 바로 그분들의 책이다.

감사합니다.

2019년 3월

정태춘